エノク第二部隊の
遠征ごはん
文庫版
4

リーゼロッテ・リヒテンベルガー

メル・リスリス
アンナ・ベルリー
エノク第二部隊、
ただいま入浴中……!?

クロウ・ルードティンク
ジュン・ウルガス
ガル・ガル
ザラ・アート

エノク第二部隊の遠征ごはん
文庫版
④

著：江本マシメサ
イラスト：赤井てら

GCN文庫

CONTENTS

※ノベルズ版4巻収録の「魔法市と、ぷるぷるプリン」と
「新居の改装と、鱈と卵の酔い醒ましスープ」は文庫版5巻での収録となります。

渓谷の謎と、白身魚のチーズ蒸し

器量なし、財産なし、魔力なしのフォレ・エルフである私が王都にやって来て早くも半年経った。

森を出て暮らすことのなかった私にとって王都は刺激がいっぱいで、目まぐるしく過ぎていったように思える。

フォレ・エルフは基本、森の中で静かに生活することを好む。私のように森を飛び出して、王都で暮らす思い切りのいい者はあまりいなかったようだ。

つまり、王都で生活できるエルフ＝変わり者みたいな。

人間側のエルフの印象は人嫌いで偏屈《へんくつ》、好き嫌いが激しい、というのが一般的なよう。

加えて、労働者には向かないといわれているようだ。

そのため、来たばかりのころは仕事もなく、奇異の目に晒されるという何とも辛い状況だった。

そんな私を唯一雇い入れてくれたのは、王国騎士団エノク。

エルフでありながらも魔法は使えない上に、どんくさい私は事務方の仕事を振られると信じて疑わなかった。

しかし、しかしである。私が配属されたのは遠征部隊。王都から離れ、魔物の討伐や行方不明者の調査などを行う部隊だった。

私は第二遠征部隊で、衛生兵をするように命じられた。森育ちで培《つちか》った、薬草の知識が衛生兵向きと判断されたようだ。

配属された先で、フォレ・エルフたる私がなぜここに入れられたか気づく。

隊員達はみんな、ワケアリだったのだ。

第二遠征部隊のルードティンク隊長は家柄の力で出世し、年若く扱いにくい存在だった。本人は能力もあり、統率能力もある。隊長になるに相応しい能力を持っていたが、年功序列が当たり前の騎士隊では反感を買ってしまうのだ。

ベルリー副隊長は超有能な騎士であるが、年若く平民出の女性だ。騎士隊で出世するには、勤務年数に加え家柄の力も必要となる。今の彼女には、限界があった。能力が抜きん出ているのに地位が下のほうだったので、当時所属していた部隊ではもてあましていたらしい。

ガルさんは王都では珍しい獣人で、威圧感がある。

見た目に反し温厚な人物だが、多くの騎士が所属する部隊では馴染めなかったようだ。

ウルガスは腕の良い弓兵で国王陛下の近衛隊にいたが、下町育ちが露見し事実を隠すかのように第二部隊へ配置換えされた。近衛隊は貴族だけが所属するエリート集団なのだ。

このように第二部隊に配属されるのは、個性があって使い方に困った人達の集まり、というわけである。

私も同様に、フォレ・エルフであったために扱いに困ったのだろう。

おかげさまで、各地を移動して回る遠征部隊の一員となってしまった。

類は友を呼ぶというのか、あとから入隊したザラさんもなかなか個性的な騎士だった。身の丈よりも大きな戦斧を扱い、二つ名である『猛き戦斧の貴公子』の名に恥じない戦いを見せる騎士だが、その実態は料理と裁縫が趣味の家庭的な男性だった。

続いて入隊したのは、リーゼロッテ。

幻獣保護局に所属している、炎系魔法が得意な侯爵令嬢である。幻獣大好きで、それ以外の物事には興味を示さないなかなか自由なお嬢様だ。

以上、第二部隊では個性豊かな隊員達と共に活動している。

忘れてはいけないのが、幻獣アメリアの存在だろう。鷹獅子《グリフォン》である彼女は無人島で出会い、私に懐いたことから契約を交わした。

おしゃれに敏感で、美意識が非常に高い鷹獅子《グリフォン》である。

そんなアメリアとの日々を支えてくれるのが、幻獣保護局の局長であり、リーゼロッテの父親でもあるリヒテンベルガー侯爵。

最初の出会いは最悪だったけれど、今は印象もだいぶ変わってきている。

アメリアはまだ、怒っているみたいだけれど。その辺はまあ、ゆっくり理解できたらいいなと考えていた。

他にも、騎士隊に保護された狐獣人のシャルロットに、人工スライムのスラちゃん、食いしんぼう妖精のアルブムと、新しい仲間は続々と増えている。

ルードティンク隊長は私が配属されてから、隊内を取り巻く環境が大きく変わったという。思い返してみたらその通りなのかもしれない。

いつの間にか、第二部隊は少数精鋭の集まりという評価に変わってきているようだ。

私以外のみんなの能力はかなり高いので、当然だろう。

しかし、第二部隊が結成された当初は、仕事の成果はそこまで良くなかったらしい。

それも無理はないだろう。

当時の状態を料理で例えるならば、猪豚《スース》、三角牛《カローヴァ》、羽根鶏《コトプロ》の肉を使ったスープと言えばいいのか。猪豚《スース》、三角牛《カローヴァ》、羽根鶏《コトプロ》を使って一つのスープとして仕上げることは困難なのだ。

スープを作る時、肉は一種類のほうが良いとされている。さまざまな種類を混ぜると肉同士の風味が喧嘩して、台無しになってしまうようだ。

しかし、そんなスープも灰汁《あく》をじっくり取り除き、臭みを取る野菜を入れたら絶品料理と化す。

料理は工夫と手間暇をかければ、おいしくなる。

第二部隊もそうだ。じっくり時間をかけて訓練し、互いの長所を理解して、連携を取って戦う。

その成果が、最近になって発揮できているのだろう。

私は衛生兵として、みんなの活動を支えるばかりだ。

そんな仕事を、誇りに思っている。

＊

エノク第二部隊に入隊してから早くも半年経った。

入隊したての頃は雪景色だった王都も今は春を迎え、初夏へと季節が移ろうとしていた。

新緑が色濃くなる様子を眺めながら、今日もアメリアと出勤する。

そうそう。今までザラさんと一緒に仕事場まで行っていたけれど、アメリアが大きくなってからは別々に出勤するようになった。

アメリアが、他の騎士から牽制してくれるからだ。毎朝申し訳ないなと思っていたので、ひとまずホッとしている。

『クエクエクエ～～』

アメリアは朝から元気だ。一方で、私は前回の遠征任務の疲れが取れていない気がする。

『クエ～～』

「いいですね、元気そうで」

『クエクエ？』

アメリアは「背中に乗る？」と聞いてくれたけれど、目立ちそうなので遠慮した。

疲れが取れない体を引きずりつつ歩くと、しだいに騎士舎の屋根が見えてきた。

ふと、騎士舎の前の広場に大きな影が動いているのを捉えた。

あれは——ガルさんだ！　何やら、体を動かしているようだけれど。

ガルさんは背伸びをして、屈伸を繰り返し、腕を回す。どうやら、全身の筋肉を解《ほぐ》して いるようだ。

「ガルさん、おはようございます！」

ガルさんは挨拶を返してくれたあと、足下をちょいちょいと指す。

アメリアと共に覗き込んだ。

「ガルさん、地面がどうかしたん——あ！」

地面に、橙色のつるりとした半透明の塊がある。スラちゃんだ。伸ばした触手のような手を、私に向かってぶんぶんと振っていた。

スラちゃんもガルさんがしていたように、背伸びをして、屈伸をして、腕を回している。

どうやら、彼女もスラ筋（？）を解しているようだ。

ここで、ガルさんに一緒にしないかと誘われた。せっかくなので、私もやってみる。

力いっぱい背伸びをして、息を吐き出す。続いて、膝を曲げて伸ばして。最後に腕を回した。これを、何度か繰り返す。

しだいに全身ポカポカになって、体も軽くなったような気がした。

「何だか、スッキリしました。二倍速で動けるような気がします。ガルさん、スラちゃん、教えてくださり、ありがとうございました」

そう言うと、ガルさんとスラちゃんは同時ににっこり微笑んでくれた。


就業時間となったため、執務室に移動する。

本日も山賊顔なルードティンク隊長が、腰に手を当てて待ち構えていた。

「全員揃ったな。朝礼を始める」

最近、朝礼時のルードティンク隊長の表情で、遠征任務が入っているか否か、わかるようになってしまった。

遠征任務がない日は、眉間の皺は一本。ある日は、二本以上。わりと無茶ぶりっぽい遠征任務の時は、三本以上刻まれている。今までの最高記録は三本だったが、今日は四本皺が入っていた。

おそらく、大変な任務が入っているに違いない。

「――先日は、ご苦労だった」

ルードティンク隊長は地を這うような低い声で私達を労っていたが、まったく感謝しているような声色ではない。あまりの迫力に、繊細なウルガスは朝から涙目になっていた。可哀そうに。

「精霊が絡む想定外の任務で、疲れたことだろう」

そうなのだ。魔物かと思っていたら、大精霊だったという。想定していない敵を前に、第二部隊は壊滅《かいめつ》寸前だったが、ザラさんの活躍でなんとか無事に王都に戻ることができた。

「たった一日半の休日では、体も癒えなかっただろうが……」

たしかに、体は癒えていない。ザラさんと二人して斜面を転がったさいにできた青痣《あおあざ》は、今もズキズキと鈍痛を訴えている。切り傷だって、まだ薬を塗り込んでいる最中だ。筋肉痛も残っているし、目の下のクマも消えていなかった。

これは私だけではない。他のみんなもそうだろう。

ベルリー副隊長は若干顔色が悪い。ウルガスは雰囲気がどんよりしていた。ガルさんは若干毛並みが悪い気がする。ザラさんは肌の調子が良くないと言っているし、リーゼロッテは目が血走っていた。

元気なのはスラちゃんとアメリアとルードティンク隊長くらいだ。

「そんな中で、悪いのだが――」

隣にいたウルガスが、ルードティンク隊長の前置きを聞いてハッと息を呑む。彼はたった今、これから始まるであろう遠征任務に気づいたようだ。

「遠征任務が入った」

ウルガスは膝がカクンとなったようだが、倒れ込む前に隣にいたガルさんが腕を支えてくれた。

「どうした、ウルガス？」

「な、何でもないデス」

ウルガスのウルウルと潤んだ目は、今にも涙が零れてしまいそうだった。

ルードティンク隊長は任務内容が書かれた書類を、恨み言を呟くように読み上げる。

「王都より南にあるエルダー渓谷に、魔物が頻繁に出現するようになったらしい。ここは、商人が多く通る場所で、甚大な被害が出ているという。先日、第六遠征部隊が向かったが、魔物は出なかったらしい。もしかしたら、少数で行動している者達を襲う可能性があるとのことで、うちの部隊にお鉢が回ってきたわけだ。そんなわけで、遠征任務に向かうこととなった」

エルダー渓谷まで馬車で半日。現場で三日捜索し、魔物が出なかったら戻ってくるように言われているとか。先日の遠征に続き、過酷な任務になりそうだ。

「各員、三十分で準備しろ。そのあと、すぐに出発する」

敬礼を行い、いまいち精悍さに欠ける返事をする。

第二部隊の面々は、散り散りになって準備を行った。


「メル！　今日は何をするの？」

「シャルロット」

軽やかな足取りで私に接近してきたのは、狐獣人のメイドであるシャルロットだ。彼女は第二部隊の騎士舎の掃除や、兵糧食作りをしてくれる。

「また、今から遠征に行くことになったのですよ」

「ええ～～⁉」

シャルロットはがっくりと項垂れる。耳はぺたんと伏せられ、尻尾はだらりと垂れ下がっていた。

「シャル、メルと遠征ごはん、一緒に作るの、楽しみにしていたのに」

「ごめんなさいね」

「むう……」

ほっぺをぷくっと膨らませていたので、突《つっ》いてみた。すると、ますます頬は膨らむ。

「私もシャルロットと料理するのを楽しみにしていたのですが……。帰って来たら、一緒にしましょうね」

「ん、わかった」

優しく頭を撫でると、ぎゅっと結ばれていた口元は綻《ほころ》んだ。

「シャルね、メルが、お仕事と、シャルと、どちらが大事か、りかいしているの。物語で読んだから、知っているよ」

「……なんか、変な本を読んでいません？」

メイド仲間から、いろいろ本を借りているようだけど、シャルロットにはまだ早い内容も含まれているような。帰って来たら、その辺の確認もしなければ。

「シャルね、メルが遠征に行っている間、パンと干し肉作っておいたよ」

「シャルロット、偉い！　さすがですね！」

「えへへ」

今まで、遠征から戻った時は食糧庫がスッカラカンで、作るのが大変だったのだ。私がいない間にしっかり補充してくれていたなんて、シャルロットってばできる子だ。

「シャルロット、いい子、いい子」

「そう。シャル、とってもいい子なの～」

「う、羨ましい……」

背後からすきま風のような声が聞こえて、びっくりする。

誰かと思えば、ウルガスだった。

「俺、仕事頑張っているのに、誰も、いい子、いい子してくれない」

いい年になったら、そういうことをされないのは当たり前だ。ウルガスはいったい、何を言っているのか。

しかし、シャルロットは同情したようで、ウルガスを励ましている。

「ジュンは、毎日頑張っているよ！　偉い！　とっても偉い！」

「えへへ」

シャルロットは褒めるだけではなく、背伸びをしてウルガスの頭を撫でていた。

「いい子、いい子」

「やったあ……」

ウルガスは純粋に疲れていて、下心があるわけではない。完全に、シャルロットに癒しを求めているようだ。まあ、わからなくもないけれど。

この疲れは、一週間くらい休まないと取れないだろう。

「シャルロット、食材を詰めるのを手伝ってください。ウルガスは、準備は終わったのですか？」

「いや、まだです」

「だったら、急いだほうがいいですよ」

「了解です」

シャルロットと二人、食糧庫へと向かう。

「あ、アメリアだ」

アメリアは自分の鞄を持ち、乾燥果物の入った瓶をせっせと詰めていた。私より、仕事が速い。食糧庫から出された瓶の数は、ちょうど三日分だ。

何て賢く、できる鷹獅子《グリフォン》なのか。

しかし、気になる点があった。

「アメリア、そのリボンは、遠征先では汚してしまいますよ」

鞄のポケットに、色とりどりの美しいリボンが収められていた。この前、ザラさんからもらったレースを縫い込んだものだ。

「その帽子も、華美すぎます」

『ク、クエエ～～』

「魔物に狙われてしまうので、茶色か黒にしてください」

『クエエエ～～』

地味な帽子は恥ずかしいと訴えているけれど、それが命取りとなるので強く反対させてもらう。

「アメリアの美意識は、素晴らしいものですけれど、向かう先は魔物がはびこる渓谷ですので」

『クエ』

「せっかく可愛くしても、誰も見てくれないのですよ」

『クエ～』

「それに、リボンや帽子が、泥で汚れてしまうかもしれません」

『……』

ゆっくりと諭したら、納得してくれた。アメリア専用の物置から、遠征用の帽子を持ってくる。

「遠征が終わったら、おしゃれをしてお出かけしましょうね」

『クエッ！』

アメリアは多感なお年頃なので、大変だ。ふうと息を吐き、額に浮かんだ汗を拭う。

そうこうしている間に、シャルロットが鞄に食料を詰めてくれた。

「あ、シャルロット、ありがとうございます」

「いいよ。また、みんなが遠征に行っている間に、シャルはお買い物をして、パンと干し肉を作っておくね」

「そうしてくれると、非常に助かります」

食料の準備は終わり、着替えなどを鞄に詰めたあと、馬車に荷物を載せる。

一人残されるシャルロットは、俯いて何だか寂しそうだ。

「シャルロット、行ってきますね」

「……」

声をかけると、耳までしょんぼりと垂れてしまう。どう声をかけていいか分からないところに、アメリアが一歩前に出て話しかけてくれた。

『クエクエ、クエクエ』

「え？」

「アメリアは、帰って来たら、たくさん遊ぼうねと言っています」

「本当？　シャルと、遊んでくれるの？」

『クエ！』

シャルロットの表情はみるみる明るくなっていく。

「アメリア、楽しみにしているね！」

『クエクエ！』

二人の様子を見ていると、微笑ましくなる。アメリアが姉で、シャルロットが妹のようだった。

すっかり明るさを取り戻したシャルロットは、元気良く手を振ってくれた。

「みんな～、いってらっしゃ～い。頑張ってね～」

シャルロットの見送りを受け、第二部隊のみんなを乗せた馬車は走る。

一日半ぶりの、遠征任務となった。

まず、御者役をルードティンク隊長が務めている。アメリアは馬車の近くを、悠々と飛んでいた。たまに、馬車と並走したりしている。体を動かすことは好きなようで、楽しそうだった。

馬車の中にいる面々は、依然として疲れを滲ませているように見える。

何か元気になれる物はないかと鞄の中を探っていると、寮から持ってきていたある品を発見した。

「あ、そうそう。昨日、寮でお菓子を作ったんですよ」

食堂が終わったあとは、申請したら厨房が使える。休日のほとんどを眠って過ごしたので、何かせねばと思ってお菓子作りをしたのだ。

「大豆《ソヤ》入りのビスコッティです」

大豆《ソヤ》は畑の肉と呼ばれるほど栄養豊富で、筋肉や血液を作る手助けをしてくれる。

「兵糧食に取り入れることはできないかと、試作してみたんですよ」

煎った大豆《ソヤ》を惜しげもなく入れているので、普通のビスケットよりも食べ応えがあるはずず。みんなに配ってみた。

ばりんぼりんと、ビスケットを食べているとは思えない音が鳴る。

「少し、硬かったですかね。ベルリー副隊長、いかがですか？」

「顎の運動になりそうだ。私は好きだな」

「よかったです」

ベルリー副隊長はお気に召したようだ。ウルガスやガルさんも、びしっと親指を立てている。

一方で、リーゼロッテには少し硬かったようだ。

「リーゼロッテ、無理して食べなくてもいいですよ」

「へ、平気よ。ぜんぜん、硬くなんてないんだから！」

そう言いながら、挑むように齧っている。

「改良の余地ありですね。ザラさん、何か良い案はありますか？」

「そうね。大豆《ソヤ》を粉末にしたものを混ぜてもいいかもしれないわ」

「なるほど」

「大豆《ソヤ》をふかして、ソフトクッキーみたいにしてもおいしそう」

「いいですね」

「でも、保存性は下がってしまうわね」

「そうでした」

遠征に持って行くので、移動に耐えてくれる屈強な食べ物が好まれる。兵糧食作りは難しいなと、改めて思ってしまった。

＊

夕方には、現地にたどり着く。もう遅いので、エルダー渓谷の商人達が利用する宿に一泊することになった。一階が食堂で、二階が宿らしい。

幸いにも、幻獣の宿泊ができるところだったので、アメリアも堂々と泊まることができる。お風呂は一ヵ所しかなく、男女各々入れる時間が決まっているらしい。男性陣が入浴している間に、女性陣は夕食を取ることになった。

「何を食べましょう。悩みますね」

港からやって来る商人の行き来が盛んだからか、周囲は木々に囲まれているのに魚料理が豊富だ。

入浴は男女別と聞いて、ガルさんがスラちゃんをテーブルに置いてお風呂に向かったのにはちょっと笑ってしまった。いやいや、スラちゃんも立派な淑女なのだ。

視線をスラちゃんから、メニューに移動させる。

「何にしましょう」

「わたくしは、白身魚の香草蒸しにしようかしら」

「私は、魚のキノコあんかけにしよう」

リーゼロッテとベルリー副隊長が頼んだ料理もおいしそうだ。悩んだ挙句、私は焼き魚定食にした。

料理はすぐに運ばれてくる。

檸檬《リモン》をじゅっと搾って、ほくほくの白身魚を食べた。

「んんっ、おいしい！」

噛めば甘みがじわじわにじみ出てくる、新鮮でおいしい魚だった。

「リスリス衛生兵、私のも食べてみるか？」

「え、いいのですか？」

「ああ。ほら」

ベルリー副隊長が、フォークに載せた魚を私の口元へと持ってくる。まさかの「あ～ん」だった。

「リスリス衛生兵、早く食べないと、落としてしまうぞ」

「あ、はい。いただきます」

魚のあんかけを、パクリと食べる。

「これもおいしい！」

魚の身と甘辛いあんが絡んでいて、非常に美味だ。

「メル、こっちも食べる？」

「はい！」

リーゼロッテは、魚の香草蒸しをパンに載せて食べさせてくれた。

「ああ、こっちもおいしいです！」

口の中に、爽やかな香草の風味が広がる。私の焼き魚も、ベルリー副隊長やリーゼロッテに分けてあげた。

楽しい夕食の時間は瞬く間に過ぎていく。

お風呂ももちろんみんなで。思いのほか、広い風呂場があって驚いた。遠征先でお風呂に入れるなんて、ツイている。

浴室の床は石で、木製の浴槽は十人くらい浸かっても問題ないように見える。

と、お風呂の規模に喜んでいる場合ではない。割り当てられた入浴時間は一時間なので、さっさと入ることにした。

「ベルリー副隊長、お背中流しますよ！」

「ああ、ありがとう」

ベルリー副隊長の背中をせっせと磨く。

その様子を、リーゼロッテが隣でじっと見ていた。

「リ、リーゼロッテ、何ですか？」

「メル、あなた、使用人ではないのにどうしてそんなことをするの？」

なるほど。貴族的価値観では、こういうのは使用人の仕事と決まっているのだろう。

「貴族でない者は、お世話になっている人のお背中を流すのですよ」

「そうなの？」

そうなんです。

「だったら、わたくしもベルリー副隊長の背中を流したいわ」

「え～っと、ベルリー副隊長、いいですか？」

「構わない」

そんなわけで、リーゼロッテは生涯で初めて、背中流しというものを体験する。

恐る恐るといった手つきで、ベルリー副隊長の背中を擦《こす》り始めた。しかし、力があまり入っていないように見える。

「リーゼロッテ、もっと、こう、腰を入れて」

「え、どういうこと？」

「力を入れて、ごっしごっしと擦るのですよ」

「こ、こう？」

「もっとです」

「ふっ！」

ベルリー副隊長が笑いだす。

リーゼロッテが中途半端な力で洗うので、ベルリー副隊長はくすぐったかったようだ。

「リヒテンベルガー魔法兵、ありがとう。もう、大丈夫だ」

「ごめんなさい。今度は、上手く洗えるようにしておくから」

「楽しみにしている」

その後、三人で浴槽に浸かった。湯の中でゆっくりしていると、一日の疲れが取れるような気がする。

明日からはまた入れないけれど、じっくり堪能させてもらった。

お風呂から上がったあとは、冷やされた瓶入りの牛乳を飲んだ。

「はあ、おいしい……！」

このあと、布団で眠れるとか、贅沢過ぎる。基本、遠征は野宿だから。

「っていうか、いつもみたいに現地に行って、野宿かと思っていました」

「ルードティンク隊長は、私達の体調が万全でないと気づいて、宿で休む判断をしたのだろう」

「あら、ルードティンク隊長ったら、わたくし達にそんな気遣いをしてくれていたのね」

リーゼロッテは意外と気が利くのねと、上から目線の評価をしている。

ルードティンク隊長の様子は近くに宿があったから寄った、みたいな感じだったので、仕方がない話だろう。

「朝からルードティンク隊長の機嫌が悪かったのも、遠征部隊の無茶な派遣に腹を立てていたようだ」

それは、ルードティンク隊長自身が遠征に行きたくないからというわけではなく、私達に無理をさせたくないという想いが強かったらしい。

「それで、朝からあんなに怖い顔をしていたのですね」

「そんなの、わかりっこないわ」

「確かに、ルードティンク隊長はぶっきらぼうで、優しさはわかりにくいかもしれない」

しかし、私達のことをよく考え、守ってくれようとしているのだ。

「なんだか、ルードティンク隊長のこと、見直しました」

「わたくしも」

そんな話をしていたのに——なんと、ルードティンク隊長は見知らぬ商人と、食堂で酒盛りをしていた。まるで休日かのように酒を飲みまくっている姿を見てしまい、膝から頽《くずお》れてしまった。

リーゼロッテは深い深いため息を吐《つ》き、ベルリー副隊長は明後日の方向を見ている。

「ガハハハッ！　やはり、ここの宿の名物である、白葡萄酒はうまいなあ！」

「お兄ちゃん、わかっているねえ！」

「ほら、飲め飲め！」

大盛り上がりである。

ルードティンク隊長、ここの宿の白葡萄酒を飲みたいから、宿泊するわけではないですよね？

あと、明日も任務だと、わかっていますよね？

聞きたかったが、脱力してしまい、そのまま二階に上がって休むことにした。


翌日、朝から魔物が出ていたという現場に向かう。

エルダー渓谷は野山に囲まれ、小川が流れる自然豊かで長閑《のどか》な谷間だ。

魔物の出現は以前までは一ヵ月に一度か二度程度だったようだが、ここ最近はほぼ毎日現れるのだという。

問題は出現する魔物だ。

今までは狼系の魔物のみ確認されていたが、最近見られるのは樹木人《トレント》という、樹系魔物ばかりらしい。

樹木人《トレント》は通常、森の奥深い場所に生息している。このような谷で確認されることはほぼない。

魔物の生態系が崩れているのか。魔物研究局にも話が持ち込まれたが、魔物の骸《むくろ》を調べないとわからないと、結局は遠征部隊のほうに話が戻ってきたようだ。

「おい、足下がぬかるんでいる所もあるから、気を付けろよ」

昨日、酒盛りしていたルードティンク隊長は、二日酔いなどしておらずいつも通りだった。きっと酒に強いのも、山賊力の片鱗《へんりん》なのかもしれない。恐るべし。

「おい、リスリス、それ、何だ？」

隊長が指差したのは、私専用の武器魔棒グラに巻き付けてある糸だ。

「この辺で、おいしい魚が獲れるらしいんです。それで、休憩時間に釣りたいなと」

「お前な」

昨晩、食堂で食べたおいしい白身魚は、この辺の川で釣っていると食堂のおばちゃんから聞いたのだ。

それも、魔物が出現するせいで、獲れる量が半分以下になっているらしい。

「まったく、許せないですよね！」

みんなにも同意を求めたけれど、反応はイマイチだった。魚が大好物なのは、私だけのようだ。

青空の下、凹凸のある渓谷の道のりを進んでいく。

「しかし、商人はこんなに足場が悪い場所を通るのですね」

馬車は通れない。馬も、歩くのは嫌がるだろう。その理由を、ザラさんが教えてくれた。

「ここを通り抜けると、王都への近道になるそうなの」

「へえ、そうなのですね」

魔物が出現するので護衛を伴っての通行になるらしいが、それでも商人はエルダー渓谷を通り抜けて王都に赴く。

「時間は買えない、というわけですか」

「ええ、そうね」

休憩時間となり、みんな各々好きなことをする。

ルードティンク隊長は地面の上に横たわり、寝始めた。いつものことである。

ベルリー副隊長は何やら記録を取っていた。実に、上官らしい休憩時間の過ごし方であるが、ルードティンク隊長のように休んでほしいとも思う。

ガルさんはスラちゃんと水を飲んでいた。

相変わらず、あの二人は見ていてほのぼのする。

ウルガスは昨日あげた、大豆《ソヤ》のビスコッティをもぐもぐと食べていた。その横顔は幸せそうだ。

ザラさんは爪のお手入れをしている。さすがの女子力だ。

リーゼロッテはアメリアにべったり。『クエクエ』話しかける言葉に、嬉しそうに頷いていた。

ちなみに、アメリアはリーゼロッテに鷹獅子《グリフォン》に伝わる昔話を語って聞かせていた。あとで聞いて、通訳したものを幻獣保護局に提出しなければ。

私は意外と水深があるらしい川で釣りをする。食堂のおかみさんに聞いたように、パンで魚を釣るのだ。

魔棒グラに結び付けたオモリとパンを、川に垂らす。

水面を眺めていたら、背後から大きな影が現れた。誰かと思ったら、ルードティンク隊長だった。

「リスリス、隣座るぞ」

「え!? あ、はい。どうぞ」

ルードティンク隊長は話しかけてくることはなく、サラサラと流れる川を眺めていた。眠るのに飽きたのか。山賊心はまったく理解できなかった。

その上、釣り糸はピクリとも動かない。

私はルードティンク隊長と、静かな時間を過ごす。けっこう気まずかったけれど、我慢した。

ぼんやりしていたら、急に糸がくんと引いた。慌てて引いたが、バレてしまった。

「少し、引くのが早かったな」

「ですか。実は、釣りは初めてで」

「森の川とかで、しなかったのか？」

「近くの川は、小魚がいるくらいで、大きな魚はいなかったのですよ」

「なるほどな」

「ルードティンク隊長は、釣りをしたことはあるのですか？」

「嗜む程度だ」

釣り経験があるというので、新たにパンを付けた魔棒グラを手渡す。ルードティンク隊長は慣れた手つきで、川に糸を垂らした。すると――。

「おっ？」

「引いた！」

すぐに、糸がピクンと動いた。ルードティンク隊長はタイミングを見計らい、魔棒グラを引いた。

すると、水面から魚が跳ねる。あれは、間違いなく昨日食堂で食べた魚と同じ種類だ。

「わっ、すごい！」

ルードティンク隊長は瞬く間に魚を釣り上げる。手のひらより少し大きいくらいの、活きのいい魚が釣れた。それから先も、入れ食い状態は続く。結果、たった十分ほどで十四匹の魚を釣り上げた。

　一人二匹も食べられる。むふふと、笑いが止まらない。

「ルードティンク隊長、魚釣りの才能があったのですね」

「短時間でこんなにたくさん釣れたのは、初めてだ」

「入れ食いでしたもんねえ」

　これだけあったら、みんなでお腹いっぱい魚料理が食べられる。

「少し早いが、メシの時間にするか」

「はい！」

　料理をするという言葉を聞きつけ、アメリアがやってくる。

『クエクエ？』

「あ、お願いします」

　なんでも、かまど用の石を集めてきてくれるらしい。

「アメリア、わたくしも手伝うわ」

　リーゼロッテを引き連れ、石集めに向かった。

　ガルさんとスラちゃんは、薪代わりの木の枝を探してきてくれるらしい。スラちゃんは任せなさいとばかりに、胸をどん！　と叩いていた。とても頼もしい。

　料理はザラさんとウルガスに手伝ってもらう。

「メルちゃん、これ、どう料理するの？」

「半分は串焼きにして、半分は調理しようかなと」

「じゃあ、調理のほうは、腸《はらわた》を出して、骨を抜いたほうがいいのかしら？」

「はい、お願いします」

ザラさんはウルガスと共に、腸を取る作業に取りかかってくれる。

「ジュン、腸はこうやって取るの」

「ううっ、ヌメヌメします」

私はその間、串焼きの下準備をする。と、言っても、すごく簡単だ。

金属の串を魚に刺すだけ。塩を振って、焼くばかりだ。

アメリアとリーゼロッテに、魚の番をお願いした。

「焦げそうになったら、串をひっくり返してくださいね」

『クエ！』

「わかったわ」

続いて、二品目はザラさんとウルガスがおろしてくれた魚を調理する。まず、魚に塩コショウ、小麦粉を振って軽く叩く。次に、鍋にオリヴィエ油を敷いて、唐辛子《ピマン》と薬草ニンニクを炒める。油が温まったら、魚を投入。

じゅわ～～っという音と共に、いい匂いが漂ってきた。漂う匂いにつられたウルガスが、鍋を覗き込んでくる。

「リスリス衛生兵、これ、すっごくおいしそうですね！」

「ええ。このままでも十分おいしいのですが」

両面焼き色が付いたら、白葡萄酒を入れて蓋を閉じる。これは、ルードティンク隊長が買っていたものを、拝借した。今回は、きちんと使用許可を取っている。とっても嫌そうにしていたけれど、任務に酒を持ち込んでいる点を指摘したら、使ってもいいと言ってくれた。

パチパチと、白葡萄酒が跳ねる音が止まったら、魚の上から刻んだチーズを振りかけ、再び蓋を閉じる。数分後、蓋を開けたら――。

「うわあ！」

鍋の番人を務めていたウルガスの目が、キラキラと輝いていた。

「白身魚のチーズ蒸しの完成です！」

鍋ごと持って行って、食べることにした。

「メル、魚も焼けたと思うの」

確認にいったら、ほどよい焼き色が付いていた。とてもおいしそうだ。

「アメリア、リーゼロッテ、ありがとうございます」

お礼を言ったら、二人共嬉しそうにしていた。

「よし、食べましょう」

まずは、リーゼロッテとアメリアが焼いてくれた魚の串焼きから。

味付けは塩のみとシンプル。手に持つと、見た目に反しずっしりと重い。串を傾けるとポタリと脂が滴った。最高に脂が乗っているようだ。

「いただきます！」

ガブリと、かぶりつく。皮はパリパリで、身はほっくり。噛めば脂がじわっと口の中で溢れる。最高だ。

私は腸も食べてしまう。苦いけれど、癖になる味だ。

「これは、うまいな」

ベルリー副隊長がポツリと呟く。他のみんなは、無言でバクバク食べていた。リーゼロッテも遠征先の食事に慣れてきたのか、ナイフで切り分けることなくそのまま魚を食べていた。たぶん、リヒテンベルガー侯爵が見たら、卒倒するかと。

「リーゼロッテ、おいしいですか？」

「ええ！　何か、自分で焼いたからか、余計においしいわ」

「良かったです」

ザラさんは器用に腸を除いて食べている。

その様子を目ざとく気づいたウルガスが、ザラさんに話しかける。

「あの、アートさん、その腸、食べないんです？」

「ええ、苦くて、苦手なの」

「だったら、俺がもらってもいいですか？」

「ええ、どうぞ」

「ありがとうございます！」

ウルガスは腸をスプーンの背で潰し、ソースのようにして魚の皮に垂らしていた。それを、嬉しそうにかぶりついている。

「ジュン、おいしい？」

「はい！」

「良かったわ、無駄にならなくって」

続いて、白身魚のチーズ蒸しを食べてみる。ガルさんとスラちゃんが持ってきてくれた大きな葉っぱに、みんなの分を取り分けた。

フォークで魚を掬うと、チーズがみょ～んと伸びる。ナイフでチーズを切ってから、パクリと食べた。

「んんっ！」

白身は酒で蒸すことによって、旨みがぎゅっと濃縮されている。噛めば噛むほど、甘みを感じた。そんな味わいと、塩気の強いチーズがよく合う。

ガルさんの好きな味わいだったからか、食べている間尻尾がぶんぶんと動いていた。ルードティンク隊長も、うんうんと頷きながら食べている。

ザラさんはパンの上に載っけて食べていた。

「あら、パンとの相性も抜群なのね」

「俺もしてみます」

慌てて、ウルガスもパンに載せて食べていた。おいしいかどうかは、満面の笑みを浮かべた表情を見ただけでわかる。

「酒が飲みたくなるな」

ルードティンク隊長はそんなことを呟いていたけれど、任務中の飲酒はダメ、絶対。ジロリと睨んだら、冗談だと言っていた。けれど、昨日の夜の大盛り上がりを見ていたので、説得力というものを感じなかった。

しかしまあ、ルードティンク隊長のおかげで、こんなにおいしい魚にありつけたのだ。昨晩の酒盛りは、見なかったことにしよう。

昼食後、しばし休んで任務を再開させる。

「何か、本当に長閑ですよね～」

お腹いっぱいになって、すっかりリラックス状態のウルガスが呟く。

「おいウルガス、油断するんじゃないぞ！」

「は、はい」

すぐに、ルードティンク隊長から活が飛んできた。

「しかし、魔物の気配もありませんし、緊張感がなくなるのも無理はないわね」

ザラさんの言葉に、コクコクと頷いてしまう。

「あの、ザラさん。もしかして、魔物は人を見ているのでしょうか？」

「だとしたら、非常に厄介だわ」

明日の調査では、商人の扮装をしなければならないのか。そんなことを考えている折に、異変が起こる。

遠くから、ドーン、ザザザザという大きな物音が聞こえたのだ。

「え、な、なんですか？」

「地滑りのような音だけれど」

「現場に向かうぞ！」

走って音のしたほうへと向かう。すると、驚きの光景を目の当たりにすることになった。

「こ、これは――!?」

谷の左右にあった斜面が同時に崩れ、岩と土、抜けた木が道を完全に塞いでいた。ザラさんの言う通り、地滑りが起きたようだ。

「な、何でこんなことに⁉」

　雨は降っていないし、地震も起きていない。地滑りの原因になるような現象はなかったのに、どうして？

　その理由は、すぐに明らかとなる。

　土と岩に埋もれた木が、うごうごと動き始めた。

「あ、あれは⁉」

「総員、戦闘配備につけ‼」

　ルードティンク隊長が叫び、ハッと我に返る。私は後方に下がり、魔棒グラをぎゅっと握りしめた。

　埋まっていた木は起き上がり、根を足のようにして立ち上がる。

「あれは、樹木人《トレント》！」

「みたいですね」

　ウルガスは矢を番《つが》えながら、私の呟きに言葉を返す。

　どうやら、地滑りの原因は樹木人《トレント》にありそうだ。

「上からも来てやがる。注意しとけ！」

　樹木人《トレント》は斜面の上からも、下りてきているようだ。その数は――三十以上いる。

「リヒテンベルガー魔法兵、魔法の使用を許可する。奴らを焼き尽くせ！」

「了解！」

ルードティンク隊長が、初めて最初からリーゼロッテの魔法の許可を出した。それだけ、ヤバイ状況なのだろう。

樹木人《トレント》は琥珀をはめ込んだような、黄色い目をギラつかせている。生らしている赤い木の実を飛ばす攻撃を繰り出すが、確か毒があったような。

「ウルガス、リーゼロッテ、樹木人《トレント》の実には、毒があるかもしれません」

「マジですか！」

「マジです！」

ウルガスはすぐさまルードティンク隊長らに報告してくれた。

「リスリス、そういう情報は、事前に言えっ!!」

「すみませ〜ん」

赤い実を見た途端、昔見た絵本に出てきた悪い木の魔物ということを思いだしたのだ。樹木人《トレント》の名前と見た目が結びついていなかったのである。

しかし、ああいうことを叫ぶ余裕があるということは、たぶん大丈夫だろう。敵の数はかなり多いので、不安だけれど。

ルードティンク隊長が剣を抜き、一歩踏み込んだ瞬間、樹木人《トレント》はまさかの攻撃にでる。岩を持ち上げ、私達のほうへと投げてきたのだ。

飛んでくる岩は一個ではない。この場にいる樹木人《トレント》が次々と投げていたのだ。

「総員、回避行動に努めろ！」

とりあえず、回れ右をして逃げたらそのままやられてしまう。そうならないように、ひたすら岩を回避するように、とのこと。

直接攻撃ではなく、遠隔攻撃をしてくる魔物なんて聞いたことがない。一体だけでなく、すべての樹木人《トレント》が同じように攻撃してくるので、誰か操っている者がいるのではと疑ってしまう。

「おい、来たぞ！　気を付けろ！」

ルードティンク隊長の声を聞き、ハッとなる。考え事をしている場合ではなかった。

雨のように、次々と岩が降り注ぐ。

私の顔と同じくらいの岩が、綺麗な弧を描いて飛んできた。落下はすぐ目の前だった。

「どわっ!!」

「リスリス衛生兵、また来ています！」

「ええ～～！」

ウルガスが注意を促した岩は、背後に落ちる。落下位置を確認したあと、頭上にさらなる岩が迫っていた。

「まさかの！」

「メル！」

「リスリス衛生兵！」

もうダメかと思ったが——。

『クエ！』

アメリアが私の首根っこを銜《くわ》え、引いてくれた。岩は私が先ほどまでいた位置に、ズシンと重たい音を立てて地面にめりこむ。

「ひえええええ……」

『クエクエ！』

「あ、はい」

アメリアから、一瞬たりとも油断をするなと怒られてしまった。ごもっともである。

リーゼロッテは額に汗を浮かべ、迫りくる岩から逃げていた。ウルガスはすばしっこいようで、難なく避けているように見える。

前衛のルードティンク隊長は剣で岩を叩き落としていた。つ、強い。ザラさんは、柄を使って岩の軌道を逸らしている。ベルリー副隊長は舞うように華麗な回避を見せていた。ガルさんも、サクサク岩を避けている。みんな運動神経抜群なので、当たることはないようだが、体力切れが心配だ。

そうこうしているうちに、樹木人《トレント》は岩を投げる攻撃が効かないと気づいたようだ。学習能力がある模様。岩を投げるのを止めて、別の攻撃へと移っている。

それは、泥を丸めて投げること。ただの泥ではない。岩の入った巨大泥団子を投げつけてくるのだ。

泥団子を作る速さは一瞬だ。泥を掴んで中に岩を入れて、触手のような複数の蔓を使って丸く握る。

近くに落ちた泥岩団子を見てギョッとした。なんと、泥の中に潰した毒の実も入れているようだ。

「みなさん、泥岩団子は、毒入りです。泥が付着しないように、注意してください！」

致死性のない毒だけれど、実の汁が付着したら手足の痺れや呼吸困難に陥る。

「だから、気をつけてくださいね！」

「お前もな！」

ルードティンク隊長より、力強い指摘が入った。そうだ。どんくさい私が一番気をつけなければ。

落下する泥団子を、ひたすら避け続ける。

「きゃあ！」

「リーゼロッテ！」

体力がないリーゼロッテは、そろそろ限界のようだ。

「ルードティンク隊長！　リーゼロッテだけでも、撤退命令を――」

『クエクエ！』

アメリアがリーゼロッテの前で姿勢を低くする。

「え、アメリア？」

「リーゼロッテ、背中に乗るようにと言っています」

「で、でも、まだアメリアは成獣ではないわ」

リーゼロッテの言う通り、アメリアはまだ成獣ではない。鷹獅子《グリフォン》は成長すると二メトル半、馬と同じくらいの大きさまで成長する。

一方、現在のアメリアは一メトル半くらいか。大型犬より少し大きい程度だ。リーゼロッテが遠慮する気持ちも分かるが、彼女の頭上に泥岩団子が迫っていたので急かす。

「リーゼロッテ、アメリアは力持ちなので、大丈夫です。早く乗ってください！」

「わ、わかったわ」

リーゼロッテは最後の力を振り絞って、アメリアに跨る。

アメリアは翼を広げ泥岩団子を回避するように、地面を蹴って飛び上がった。

ここで、リーゼロッテの状態に気づいたルードティンク隊長が、指示を飛ばす。

「おい、リヒテンベルガー、上空から魔法を撃て！」

「了解！」

リーゼロッテは杖を掲げ、呪文を詠唱している。そして、真っ赤な魔法陣が浮かび上がり、そこから三つの火の玉が飛び出していった。着弾した樹木人《トレント》は炎上し、倒れる。

リーゼロッテの攻撃で、何とか状況を打開できるかと思っていたが――甘かった。

仲間を殺された樹木人《トレント》達は、リーゼロッテに攻撃を集中させる。泥岩団子を、投げつけてきたのだ。

アメリアは大きく旋回し、泥岩団子を回避する。

リーゼロッテは遠くから魔法を撃ったが、どれも外れた。

そうだった。彼女は無制球《ノーコン》魔法使いだった。

近づいて魔法を使ったら、樹木人《トレント》の集中砲火を浴びてしまう。

遠くから魔法を使ったら、当たらない。

リーゼロッテの魔法は強力だけど、今回ばかりは相手が悪すぎた。

「ご、ごめんなさい、役に立たなくって」

「リヒテンベルガーの魔法にはそこまで期待していなかったから気にするな。そこで、大人しくアメリアと見学していろ。いいか、余計なことはするなよ」

ルードティンク隊長の言い方、さり気なく酷い。そこまで言わなくてもいいのに。

「リヒテンベルガーの魔法がなくとも、俺一人でも勝てる」

この状況で、そんな発言をできるルードティンク隊長の心は鋼製だと思った。だって、目の前に樹木人《トレント》が三十体以上もいるのだ。今も、泥岩団子が雨のように降り注いでいる。

樹木人《トレント》側の泥と岩が尽きるか、私達が疲れて動けなくなるか、どちらが先かわからないのに。

「言っておくがな、直接命を懸けず、遠くから攻撃してくる腰抜け魔物と俺達は、格が違うんだよ！」

そう叫んだ刹那、ルードティンク隊長の持つ魔剣スペルビアから黒い魔法陣が浮かび上がる。

魔剣スペルビアを振り上げると霧状の靄《もや》が漂い、風が吹くとそれはいくつもの刃となって樹木人《トレント》に襲いかかる。

庭を剪定する庭師のはさみのように、樹木人《トレント》の枝や蔓がサクサクと切り刻まれていく。

ルードティンク隊長がもう一度、剣で斬りつけるような動作を取る。さすれば、さらに黒い霧が発生し、刃と変わって樹木人《トレント》の幹を斬りつけた。

瞬く間に、樹木人《トレント》は倒れていく。たった五回、魔剣を振っただけで、樹木人《トレント》は全滅となった。

ルードティンク隊長のまさかの大活躍に、みんな瞠目していた。ウルガスは震える声で話しかけてくる。

「リスリス衛生兵、ルードティンク隊長は、山賊魔法剣士になってしまったのでしょう

か？」

「いえ、あれはルードティンク隊長の山賊力ではなく……武器の特殊能力でしょう」

以前、ガルさんが怒りの感情を爆発させた時にも、魔槍イラから不思議な力が発動されたのだ。

魔法研究局と、魔物研究局が共同開発した『七つの罪』シリーズは、魔物の骨や魔鉱石、魔金属などで作った特殊な武器。名前に冠する感情を爆発させると、力が発揮される。

私の魔棒グラも空腹の限界が訪れると、食材作成をする特殊能力がある。

ザラさんの魔斧ルクスリアは、大地を揺るがす力が宿っていた。

他のみんなの武器にも、それぞれ不思議な力があるのかもしれない。名前からは想像できないけれど。

ルードティンク隊長の魔剣スペルビアの意味は——傲慢《ごうまん》。

大多数の敵を前に勝てると宣言することが、傲慢に値したのだろう。なんというか、すごすぎる。

呆然としていると、リーゼロッテがアメリアと共に地上へ戻ってきた。

「ルードティンク隊長、さすがね」

「リーゼロッテ、もう、大丈夫なのですか？」

「ええ、アメリアのおかげで」

そうだ。私もアメリアに助けてもらったのだ。ぎゅっと抱きしめ、お礼を言う。

「アメリア、ありがとうございました。助かりました」

『クエ～～』

アメリアは樹木人《トレント》を怖がることなく、毅然《きぜん》としていた上に勇敢《ゆうかん》だった。親馬鹿かもしれないけれど、最強の鷹獅子《グリフォン》だと思っている。

「リスリス衛生兵、そちらに怪我人はいないか？」

「ベルリー副隊長、こちらは、問題ありません。他の人は？」

「奇跡的に無傷だ」

「良かったです」

あれだけの岩の猛攻を受けておきながら、みんな綺麗に回避していたようだ。持久走などの普段の訓練が、今日初めて役に立ったのだ。

ルードティンク隊長のほうに視線を向けると、とんでもない光景を目にする。なんと、樹木人《トレント》の一体に跨り、剣を突き立てているのだ。

「あ、あれは、いったい何を……？」

「何でも、樹木人《トレント》の体内に、何かが埋まっているらしい」

「ええっ……」

魔物の体内には、動力源となる魔物石が埋まっている。しかし、それは汚染されていて、人が触れると大変なことになるらしい。何がどう、大変になるかは知らないけれど、魔物の骸には触れてはいけないということは誰もが知っている。

その、魔物石以外の物が、樹木人《トレント》の中に埋め込まれているようだ。

「これか！」

ようやく発見したようだ。

念のため、直接触れずに剣で突いて樹木人《トレント》の体内から取り出す。

「おい、リヒテンベルガー、これが何かわかるか？」

「魔石に、見えるけれど」

「俺にもそう見える。魔石以外に見える者は、教えてくれ」

私も詳しくはないが、魔石に見えた。他の人も同じようだ。

「魔石は、人工物だ。自然の中で完成されたものなどありえない」

そうなのだ。魔石は鉱山などにある魔鉱石を加工したもので、人の手でしか作られない。

それが、魔物の中に埋まっていたということは――。

「ここにいる樹木人《トレント》は、人工魔物という可能性がある」

話を聞いた瞬間、ぞっとした。この土砂崩れが人の手によってもたらされたものだとしたら、とても恐ろしい事件だろう。

「ということは、この樹木人《トレント》の出現も、人の手によって管理されていた可能性も？」

「あるかもしれん。だが、専門家ではない俺達が考えても、仕方がないことだろう」

とりあえず、私達にできることからしなければ。

「ベルリーは宿屋に戻って、報告してこい。そのあと、単騎で馬を駆って、王都の騎士隊に連絡しろ」

「了解」

「他の者は――」

ルードティンク隊長は遠い目で、崩れた土砂と樹木人《トレント》の骸を見た。

「ここの整備だ」

ウルガスと共に、膝から頽れたのは言うまでもない。

これが、遠征部隊のお仕事なのだ。

＊

翌日から、魔法研究局と魔物研究局の調査団と、遠征部隊が合流した。現場は泥や岩まみれで、通行できるような状況ではない。

「俺達は昼まで手伝ったあと、帰還するようにと命令を受けている」

昨日の疲れが癒えぬまま、今日という日を迎えている第二部隊の面々の表情は冴えない。

リーゼロッテとザラさんは、爪に泥が入り込んだと落ち込んでいる。ウルガスは白目を剥いていた。ガルさんは尻尾がしょぼんと垂れ下がっている。

アメリアとスラちゃんを除いて唯一、ルードティンク隊長だけ元気いっぱいだった。その類い稀な山賊力を、見習いたい。

途中、ベルリー副隊長が戻ってきたので、ホッとする。

「リスリス衛生兵、大丈夫か？」

「はい！　まだやれます」

「無理はするな。きつくなったら、いつでも言ってほしい」

「ありがとうございます」

やはり、ベルリー副隊長がいると、心の平穏の数値がぐっと上がるのだ。

私とリーゼロッテ、アメリアには、泥の付着していない岩の除去を任された。これが重たいの何のって。

「これが当たっていたら、大怪我では済まない感じでしたね」

「本当に」

『クエ～』

みんな、無事で良かった。しみじみと思う。

昼前になったら、昼食の準備をするようにルードティンク隊長から命じられた。重たい体に鞭を打ちつつ、用意する。

とは言っても、時間がないので凝った料理は作れない。鍋に干し肉と干し野菜を入れ、香草を加える。仕上げに塩コショウで味付けしたら、干し肉のスープの完成だ。

「第二部隊のみなさ～ん、昼食の準備ができましたよ～」

みんな、作業を中断して戻ってくる。泥には毒が含まれているので、手をしっかり洗うよう注意しておいた。

「すみません、昼食と言っても、干し肉のスープだけですが」

「十分だ。温かい食べ物だけでもありがたい」

いつになく謙虚なことを言うルードティンク隊長に、スープとパンを差し出す。

祈りを捧げ、この世の命をいただきます。

「あ～～、やっぱり、リスリス衛生兵のスープはおいしいです」

「本当。メルちゃんの料理は疲れた体に染み入るようだわ」

「良かったです」

第二部隊が昼食の時間となったのを見て、他の人達も食事にするようだ。

「この干し肉、いい出汁《だし》がでているな。これも、リスリス衛生兵の手作りだったか？」

「これは、シャルロットが作ってくれたやつです」

「そうなのか。いや、おいしい」

ベルリー副隊長はしみじみと言っていた。鍋の中のスープは、瞬く間に空っぽとなった。お腹いっぱいで、ちょっと動けそうにない。

ガルさんの垂れ下がっていた尻尾はスープを食べたあとはぴんと上を向く。そのあと、ゆらゆらと揺れていた。おいしかったのだろうか。だとしたら、嬉しい。

「ルードティンク隊長の言う通り、温かいものを食べるだけで、元気になった気がします」

冷え切っていた手先もじんじん温まる。お腹いっぱいになるまで、パンとスープを食べた。そんな私達に、視線が集まっているような？

「え〜っと、他の部隊の人達は、何を見ているのでしょうか？」

美人のリーゼロッテやベルリー副隊長を見ているようには思えない。もちろん、私もだ。

「たぶん、メルちゃんお手製のスープが羨ましかったのよ」

ザラさん曰く、他の部隊の人達は硬いパンと味気ない干し肉を食べているらしい。

「私達って、メルちゃんのおかげで、遠征先でも贅沢しているの」

「そう言っていただけると、嬉しいです」

やはり、おいしい食事は活力の素なのだ。これからも、みんなのためにおいしい料理を作れたらいいな。

「よし、帰るぞ！」

やっとのことで、王都に帰れそうだ。今回の遠征は、期間は短かったけれど、前回と間を置かずに出発したので疲れてしまった。

今度こそ、ゆっくり休みたい。心からそう思った。

待望の新居とパンケーキ

――恐れていたことが、現実となってしまった。

『クエエ～～』

遠征先でまた成長したのか、アメリアが寮の部屋に入れなくなってしまったのだ。

それも、無理はない。出会ったころは抱きかかえられるほどだったが、今では一メトル半以上、二メトル近く――今や大型犬よりも大きく育っていた。翼もあるので、横幅もある。そのため、人用に作られた扉を通り抜けることができなくなったようだ。

『クエエ、クエエ～～』

アメリアは「部屋に入れないんですけれど～」と、目をウルウルさせながら訴えている。

頭の片隅では、アメリアと住める家を探さなければならないと考えていた。しかし、休日は遠征帰りで体を休める時間に使ったり、ザラさんとアメリアの帽子やリボンを作ったりしていたのだ。

まだ大丈夫という慢心と、幻獣保護局に物件を紹介してもらうのにリヒテンベルガー侯爵に会わなければならないということが、後回しにしていた要因だろう。

「アメリア、ご、ごめんなさい。えっと、明日、物件探しに行きましょうね」

『クエ～～』

しかし、どうすればいいのか。アメリアは年頃の女の子なので、一人にさせるわけにはいかない。

ここは女性騎士の独身寮だから心配はないが、アメリアは心細いだろう。

寮長に相談に行ったら、談話室を一晩貸してくれるという。あそこならば二枚扉なので、アメリアも入れるだろう。

布団を持ち込み、アメリアと体を寄せあって眠ることにした。

談話室は肌寒い。初夏とはいえ、夜は冷えるのだ。まあ、別々に眠るよりはいいだろう。大きな問題ではない。そう思っていたが――。

「へ、へくしゅん！」

『クエ～』

「あ、ありがとうございます」

アメリアが翼を広げ、私の体に被せてくれる。鷹獅子《グリフォン》の天然羽毛布団って、軽いしとても暖かい。

ふわっふわで、肌触りも気持ちいい。

そのおかげか、そのあとぐっすり眠った。


翌日。私はアメリアを伴ってリヒテンベルガー侯爵家に向かった。

『アレェ、鷹獅子《グリフォン》とパンケーキノ娘ジャン』

私とアメリアを出迎えたのは、森の妖精アルブムだ。見た目は白鼬《ガレー》みたいで可愛いけれど、中身は食い意地が張っているお喋りなヤツだ。

出会った時、私がパンケーキを作っていたからか、『パンケーキノ娘』と呼んでくる。

遠征先で捕獲したのは良かったものの、引き取り先に困った。最終的に、リヒテンベルガー侯爵が保護する形となり、現在は契約を結んでいるらしい。

このアルブムは、信じられないくらい食い意地が張っているのだ。

『パンケーキノ娘、アルブムチャンニ、パンケーキ作ッ、ムギャ！』

足下にチョロチョロとまとわりついていたので、踏んづけてしまった。

「あ、すみません」

アルブムは腹を上に向けて、手足を広げて倒れ込む。手足をばたつかせ、被害を訴えだした。

『痛イ！　怪我シタ！』

「え、どこをですか？」

しゃがみ込んで確認したけれど、怪我をしているようには見えない。

『パンケーキヲ食ベタラ、治ルカモ！』

「……」

どうやら、怪我はしていないようだ。そんなに強く踏んでいないので、大丈夫だろう。たぶん。

無視して廊下を進んでいたら、アルブムがテテテと走って追いかけてきた。

『チョット、ネエ、パンケーキハ？』

「今日は作りません。別の用事で来ているので」

『エエ〜〜！』

どうしてもパンケーキを食べたいからか、私に追いついてさらなる提案をしてきた。

『森デ木ノ実集メテキタラ、パンケーキヲ作ッテクレル？』

なんだ、その森の仲間達みたいな取引は。

「今日は忙しいんです」

『ソ、ソンナー！　ネエ、ドウシテモ、ダメ――ギャア！』

しつこいと思ったのか、アメリアがアルブムを銜え、近くにいた侍女さんに持って行っていた。

『クエクエ、クエクエクエクエ』

そして、外に捨ててくるようにとお願いしていた。

『ア～～、パンケーキノ娘ェ～～』

侍女さんはアルブムを連れて行ったようで、どんどん声が遠くなる。

これで平和になった。

それはいいとして。

突然の訪問になったけれど、背に腹は代えられない。リヒテンベルガー侯爵がいなかったらどうしようと思っていたけれど、幸いなことにいらっしゃるようだ。

しかし、問題は別にあった。

『クエエ～～』

アメリアは客間で伏せの体勢のまま、不服そうにしている。まだ、リヒテンベルガー侯爵のことを許していないようだ。

その辺の信頼関係を取り戻すことはすごく難しいのだろう。

頭を撫でて落ち着くように言ったけれど、羽毛がぶわっと膨らんだだけだった。これは重症だ。

「侯爵様に飛びかかったりしたら、ダメですからね」

アメリアは嘴《くちばし》を閉じ、ぷくっと頬を膨らませている。そのままぷいっと顔を逸らしていた。

「私達のために、家を探してくれるのですから」

『クエッ』

　こんなに反抗的な返事は初めてだ。たぶん、無理矢理袋詰めにされたことと、私を叩いたことを恨んでいるのだろう。しかし、リヒテンベルガー侯爵は謝罪してくれた。

　簡単に許せることではない。けれど、このままでは互いに良くないだろう。一度、きちんと話をしておかなくては。

「アメリア、いいですか？　良く聞いてください」

『クエ？』

「リヒテンベルガー侯爵は、確かにアメリアと私に酷いことをしました」

『クエエエッ！』

　その刹那、アメリアは立ち上がって高い声で鳴き、怒りを露わにする。当時の記憶と感情を、蘇らせてしまったのかもしれない。

「アメリア、ダメです。大人しくするのですよ！」

『クエックエエエ！』

　落ち着け〜〜、落ち着けと言葉をかけ、背中を撫でてやる。すると、だんだん大人しくなった。

「腹立たしい気持ちはわかります。けれど、アメリア、赦すことを、覚えてください。でないと、悪い感情はいつまで経っても、あなたと周囲を苦しめることになるのですよ」

『……』

怒りという感情は、大きな力を孕んでいる。本人も苦しいし、向けられた相手も苦しい。

それから、それを見ている者達も、苦しいのだ。

「怒りからは、何も生まれません。どれだけ赦《ゆる》せないことがあっても、冷静になって、心の内に浮かんだ感情を鎮めるのです。これはとても難しいことで、できないことが多々ありますが……」

それを乗り越えないと、周囲にある小さな喜びや幸せに、気づけなくなってしまう。

難しいことかもしれないけれど、アメリアには赦すことを覚えてほしい。私は必死に訴える。

「アメリア、あなたの怪我していた翼を治してくれたのは、侯爵様です。それ以外にも、私とアメリアが快適に暮らせるように、手を回してくれたのも侯爵様ですよ。毎日食べている果物だって、侯爵様が国中から集めてくれている物ですし」

アメリアと私が当たり前のように幸せに暮らしていけているのは、紛れもなくリヒテンベルガー侯爵のおかげだ。幻獣保護局の支援なしでは、私とアメリアの生活はままならない。それを、わかってほしかった。

怒りの感情に囚われたアメリアは、それを失念している。

「人は完璧ではないので、判断を誤ります。それは、感情に流されていたり、未熟だったりと、事情はさまざまです。間違いは誰にだってある。大切なのは、そのあとです」

もしも、リヒテンベルガー侯爵が出会った時と同じ傲慢な態度のままだったら、私も赦さなかっただろう。

「侯爵様は誠意を以て今日まで接してくれました。それを、心に刻んでおいてください」

『クエ……』

私の言葉が届いたのか、逆立っていた羽は鎮まり、アメリア自身もぺたんと床に伏せる。

あとは、内なる自分との話し合いが必要だろう。

静かな時間が流れていたが、客間の扉が叩かれリヒテンベルガー侯爵がリーゼロッテを伴ってやってくる。

「侯爵様、お久しぶりです」

立ち上がって挨拶しようとしたら、手で制される。

「そのままでいい」

「は、はい」

ハラハラしていたけれど、アメリアは大人しくしていた。目を合わせようとはしていなかったけれど、すぐに感情を割り切ることは難しいのだろう。

リヒテンベルガー侯爵は、何というか、一見して無表情に見えるのだけれど、どこか緊張しているように見える。

一方、アメリアは何か言いたげだった。目が合うと、コクリと頷く。どうやら、話したいことがあるらしい。

「あの、侯爵様、一度、アメリアと話をしてみませんか？」

「いいのか？」

「はい」

「実は私も、改めて言いたいことがあったのだ」

リヒテンベルガー侯爵は立ち上がり、深く頭《こうべ》を垂れる。

「鷹獅子《グリフォン》、アメリア。その、何と言っていいのかわからないが、すまなかった。幻獣保護を目的としていたとはいえ、手荒なことをしてしまった。もう、二度としない。これからは、お前と主人であるメル・リスリスを守るため、尽力をさせてもらう」

アメリアはリヒテンベルガー侯爵の謝罪を聞き、瞳を潤ませていた。

『クエ、クエクエ』

アメリアはリヒテンベルガー侯爵へ今の気持ちを伝える。

「えっと、通訳しますね。アメリアは――いつも、ありがとう。と、言っていました」

アメリアだけでなく、リヒテンベルガー侯爵も瞳を潤ませていた。

「アメリアからは以上なんですが、まあ、互いの思いを伝えあっただけでも大きな一歩ということで」

すぐに打ち解けるというのは難しいだろう。

今日は、これくらいにしておいたほうがいい。

とりあえずこの件は措《お》いておいて、本題へと移る。

「今日は、侯爵様にご相談がありまして――」

ここで、紅茶とお菓子が運ばれてくる。全粒粉で作られたらしい、ごつごつしたスコーンとミルクティーだ。アメリアには、蜂蜜水《ミエレ》と、果物の盛り合わせが用意されていた。侍女さん達が果物の皮を剥き、食べさせてくれる。至れり尽くせりというやつだ。

果物は瑞々《みずみず》しく、おいしそう。

「メル、それで？」

「あ、すみません」

つい、高級果物に視線が行ってしまい、話が中断してしまった。ごっほんと咳払いして、話を続ける。

「実は、アメリアが寮の部屋に入れなくなってしまったので、引っ越しをしようと思いまして」

「なるほどな」

王都には幻獣用の家がいくつかあるようだ。幻獣保護局では、契約者と幻獣が快適な暮らしができるよう、物件を紹介しているらしい。

「今から見に行くか？」

「いいのですか？」

「ああ、問題ない」

「ありがとうございます。よろしくお願いいたします」

私はリヒテンベルガー侯爵に、深々と頭を下げたのだった。

出発は一時間後。リヒテンベルガー侯爵が退室したあと、スコーンに手を伸ばす。

「メル、ごめんなさいね」

「え、何がですか？」

「お父様のこと。この前出かけた時でも、アメリアに正式に謝罪していたら良かったのだけれど」

この前というのは、私の魔力値を測るため、リヒテンベルガー侯爵とアルブムと共に森に出かけた時だろう。

「あの時、お父様が勝手にメルを連れて行ったことも、アメリアは気にしていると思うわ」

「ああ、ありましたね、そんなことが」

「たぶん謝らなきゃいけないことはわかっていたけれど、赦してもらえなかったことを考えたら、怖かったのよ。わたくしも、メルに対してはそうだったから」

「リーゼロッテ……」

少し、しんみりしてしまった。

スコーンを半分に割って、片方をリーゼロッテにあげた。

「メル、ありがとう」

「いえいえ」

甘いものを食べたら、元気になる。遠慮なくクロテッドクリームを塗り、生の木苺《ルブス》を載せて食べた。

スコーンの外側はザクッ、中はホロッ。濃厚なクロテッドクリームと、甘酸っぱい木苺《ルブス》がバターの風味が強い生地によく合う。

「リーゼロッテ、おいしいですね」

「ええ」

出発まで、お茶とお菓子をじっくり堪能《たんのう》した。

＊

アメリアは馬車に乗れないので、空を飛んでついてきてもらう。

一軒目は中央街にある、二階建ての立派な一軒家《デタッチドハウス》だった。

その家は屋根まで真っ白で、とても美しい。

「わあ、綺麗ですね」

「ここは、没落貴族が売りに出していたが、買い手がつかないので賃貸をしているようだ」

「へえ」

一軒家《デタッチドハウス》の見た目は素晴らしい。広い庭もあるし、アメリアが住むには十分な規模だと思う。

しかし、しかしだ。

「侯爵様、これは、お屋敷というのでは？」

リヒテンベルガー侯爵家の邸宅よりは小さいけれど、庶民暮らしの私からしたらこの家は大きすぎる。一階は居間に台所、客間まではいいが、音楽室に物置が三つと部屋の数が多すぎる。二階は寝室が三つ、書斎に部屋が二つと、これまた多い。

さらに、家賃を聞いて卒倒しそうになった。私の給料半年分が一ヵ月の家賃だったのだ。

「家賃は幻獣保護局が負担するから、気にするな」

「き、気にします」

家賃の支払いは、高額だ。全額負担してもらうなんて、とんでもない話である。

「メル、遠慮しなくてもいいのよ？　アメリアのおかげで、鷹獅子《グリフォン》の研究はずいぶん進んだの」

　私が毎日付けている観察日記は、案外役立っているようだ。

「雨の日に好む果物とか、寒い日に好む果物とか、把握したおかげで、保護している鷹獅子《グリフォン》の生活も変わったわ」

「そうだったのですね」

　前に、保護している鷹獅子《グリフォン》が数頭いると言っていたような。

「ええ。今まで果物を食べない日もあったんだけれど、今は毎日食べてくれるとか」

「それは、すごいですね」

　アメリアは毎日、あの果物が食べたい。今日はこっちがいいと的確に伝えてくれる。だが、意思の疎通ができない鷹獅子《グリフォン》はそういうわけにはいかないのだろう。

「メルとアメリアには、感謝しているわ。ねえ、お父様？」

「まあ、そうだな。だから、家賃の件は気にしないでほしい」

「ですが、この家は私には管理しきれないなと」

　もっと、ささやかな規模の家でいいのだ。もちろん、アメリアが住めるくらいの大きさは必要だけれど。

「わかったわ。お父様、次、行きましょう」

「うむ」

続いて向かったのは、厩舎《ミューズハウス》と呼ばれるところだった。

厩舎《ミューズハウス》とは、一階は馬車を置く広い部屋があり、二階に寝泊まりできるような造りの家である。

貴族に仕える御者や使用人のための施設らしい。だが最近は乗り合いの馬車も増えつつあり、一家に一台馬車を置く家も少なくなったとか。そのため、厩舎《ミューズハウス》も廃れてしまったようだ。

一階部分は石の床となっており、馬が使っていたらしい大きな水飲み用の器がある。

二階は台所に居間、寝室に風呂場と、一人暮らしに最適な規模だ。家賃も私の給料の三分の一程度と、良心的。

「ここは、アメリアが住めるには十分な広さで、二階部分もほどよい部屋数かと思いますが――」

『クエクエ～～』

一階の自らの生活範囲を見たアメリアは、不服そうだった。なんでも、四方八方石造りで、可愛くないと。

「それに、私は常にアメリアと一緒に過ごせるような部屋がいいなと考えています」

一階と二階、分かれて暮らすなんて、とんでもない。

「アメリアと、一緒に眠れるような家がいいんです」

「わかるわ‼」

リーゼロッテから強い同意を得た。

リヒテンベルガー侯爵は腕を組み、険しい表情でいる。

「ただ、家賃が安くて広い家がいい、というわけでもないのだな」

「すみません」

「いや、いい。だが、私が知っている物件は、先ほど見せたような一軒家《デタッチドハウス》か、厩舎《ミューズハウス》くらいで、どの家も似たような規模だから」

私が希望する物件はないだろうとのこと。

「わかりました。ちょっと、私も不動産屋に行って、物件を見てきます」

「役に立てず、すまなかった」

「いえいえ。ご丁寧に紹介してくださり、ありがとうございました」

これくらいの案内だったら、部下にも頼めるはずだ。けれど、リヒテンベルガー侯爵はわざわざ現地まで赴いてくれたのだ。

「そういえば、寮の部屋に入れないと言っていたな」

「ええ、まあ」

「だったら、我が家に滞在したらどうだ？」

「え、そんな！」

「そうよ！　いい考えだわ」

遠慮せずにどうぞと言ってくれたけれど、本当にお世話になってもいいのだろうか。

「メル、寝室以外の場所で寝ても、疲れは取れないわ。それに、暖炉がないのでしょう？」

「う～～ん」

初夏とはいえ、夜から朝方は冷える。判断に迷ったので、アメリアに聞いてみることにした。

「アメリア、どう思います？」

『クエクエ、クエ』

「いいのですか？」

『クエ！』

私が風邪を引くのはイヤなので、リヒテンベルガー侯爵家にお世話になろうと言ってくれる。心配してくれるなんて、なんていい子なのか。

「メル、アメリアは何と言っていたの？」

「はい。ご迷惑でないのならば、お世話になろうかと」

「迷惑なんかじゃないわ」

「でしたら、お願いします」

そんなわけで、家が決まるまでリヒテンベルガー侯爵家でお世話になることにした。

「このあと不動産屋に行って、寮に必要最低限の物を取りに行くので、アメリアはリーゼロッテと一緒にリヒテンベルガー侯爵家に行ってもらえますか？」

『クエ⁉』

一緒について来るつもりだったのか、衝撃を受けたような表情を浮かべている。

「アメリアはもうお姉さんなので、大丈夫ですよね？」

『ク、クエ〜〜』

こういう風に言ったら、アメリアがついて来ると強く言えなくなるのはわかっているのだ。妹達もそうだったから。

可愛かったな。どこまでも一緒について来ると張り切って、私のあとを走る妹達は。

今や、狩猟や魔法の才能を開花させ、実にエルフらしい女性に成長した。

一方、私はといえば――最近は案外悪くないのではと思ったりして。

王都でエノク第二部隊に入隊し、衛生兵になった。自分にできることを発見し、毎日楽しく暮らしている。

『クエクエ？』

「あ、すみません。ぼ〜っとして。リーゼロッテと帰れますよね？」

『クエ！』

もちろんという頼もしい返事がきた。これで、大丈夫だろう。

私はここでみんなと別れ、まずは不動産屋に向かう。たしか、中央街の商店街にあったはずだ。

歩いて五分ほど。そこは、窓や扉に隙間なく張り紙がある独特なお店だった。店内の様子は見えない。

張り紙の字の書き方は独特でちょっと読みにくい。中に入って話を聞きたいような気もするけれど、店内の様子を見ることができないので入りにくかった。

どうしようかと考えたがキリがないので、踵を返して住宅街のほうに向かった。

たどり着いたのは、長屋通り《テラスハウス》。目的地はザラさんの家だ。

いつでも来ていいからね！　と言っていたので、遠慮なく訪問してみた。あの不動産屋に一人で行くのは不安なので、ザラさんについてきてもらおうと頼みにきたのだ。

扉を叩くと、ザラさんの眠そうな声が返ってきた。もしかして、眠っていたのだろうか？

「……誰かしら？」

「突然すみません」

「え、メルちゃん⁉」

扉はすぐに開かれる。びっくり顔のザラさんがひょっこり顔を出した。お休み中だったようで、前髪が少しだけはねている。シャツのボタンも二つほど寛がされていて、白い肌が覗いていた。

雪国美人のらしくない無防備な姿を目の当たりにして、見てはいけないもののように思えて目を逸らしてしまう。

「あ、ごめんなさい」

私の視線で気づいたのか、ザラさんは慌ててボタンを閉じていた。

「すみません、突然押しかけてしまって」

「い、いいの。暇だったから！　あ、家の中に入る？」

「いいのですか？」

「ええ、ちょっと散らかっているけれど」

立ち話も何なので、お言葉に甘えて上がらせてもらった。

『にゃ〜〜！』

家の中に一歩踏み入れた途端、幻獣《イルベス》山猫のブランシュがやって来る。

「こらっ、ブランシュ、大人しくしているの！」

『にゃにゃ！』

相変わらず、人懐っこい猫だ。全長は私より大きいので、飛びかかられたら転倒してしまいそうだ。警戒しつつ、頭を撫でてあげたら、尻尾をぶんぶん振っていた。何という犬っぽさ！

「メルちゃん、どうぞ」

「お邪魔します」

ザラさんの家は今日も綺麗だ。居間のテーブルの上には、作りかけのテーブルクロスがある。

「わ、これ、綺麗ですね」

白い布に、細かな赤薔薇《あかそうび》の刺繍が入っている。職人顔負けの見事な刺繍だ。

「そう？　これのせいで、昨日夜更かししてしまって」

「わかります。縫物とか、ハマったら止められないですよね」

「そうなの！」

話の途中から、閉めた扉よりカリカリという物音が聞こえていた。おそらく、ブランシュだろう。

「あの子ったら、普通の来客の時はここまでしつこくないのに」

「そうなのですね」

「きっと、メルちゃんのことが好きなのよ」

「光栄です」

　ザラさんが渋々といった感じで扉を開くと、ブランシュが飛び出してきた。そして、私が座る長椅子の隣に腰かける。ぎしっと、長椅子が大きく軋んだ。

　大きな目で私をじっと覗き込んできたので、軽く会釈をする。

「ど、どうも」

『にゃあ』

　撫でてほしいからか、身をかがめて頭を低くしている。期待に添うように、ヨシヨシしてあげた。

「それにしても、ブランシュは毛並みがいいですね」

「ええ。毎日念入りにブラッシングして、三日に一回お風呂に入れなきゃいけないの」

「大変ですね」

「本当よ。手のかかる子で」

　風呂が狭いので、洗いにくいらしい。

「もっと広い家に、って思うのだけれど家賃を考えたら、これ以上いい家に住むわけにはいかないのよね」

　ここで、ピンと閃く。私はザラさんに、一緒に住まないかと提案してみた。

「え、私がメルちゃんと一緒に？」

「はい！」

正確には、アメリアやブランシュも一緒だけれど。

「ダ、ダメよ！」

「すみません。私と同居なんて、イヤですよね」

「あ、いえ、イヤというわけではなくって……」

「なくて？」

「若い男女が一つ屋根の下で暮らすなんて、変な噂になるかもしれないし」

「でもザラさん、前に私に一緒に住もうって誘ってくれましたよね？」

「そ、それは、あの時はノリで言ってしまったというか、メルちゃんが了承するとは思っていなかったというか……。ごめんなさい。あの頃の私は、浮かれていたの」

「そう、だったのですね」

ザラさんと一緒なら楽しそうだなと思っていたけれど、そう思っていたのは私だけだったようだ。ちょっとだけしょんぼりしてしまう。

「ああ、メルちゃん、違うのよ。私、メルちゃんと一緒に暮らしたい。でも、男女が一緒に暮らすのはかなり特殊な例で、メルちゃんが変な風に言われないか心配で」

「……」

「あの、メルちゃん。フォレ・エルフは、結婚前に男女で住んだりするの？」

「いえ、しません。結婚してからです――あ」

ここで、ザラさんが伝えたかったことに気づく。そうだった。結婚前の男女が同居するなんて、ありえないことだ。

続けて、ザラさんは整った眉を顰《ひそ》めながら気まずげに言った。

「私、これでも男だし」

「！」

さあっと、顔から血の気が引く。無意識のうちに、失礼な提案をしてしまったのだ。髪が長かった時は女性的だったけれど、短くなった今は男性にしか見えない。

でも、ザラさんを女性だと思って一緒に住まないかと誘ったわけではない。慌てて弁解した。

「すみません、ザラさんのこと、男性として見ていなかったわけではなくて、純粋に、ザラさんと一緒に住んだら楽しそうだな～っとか、そういう気持ちで言ったわけで」

友達だったら誰でも誘うわけではない。ザラさんだから、誘ったのだ。

「ザラさんは、何と言えばいいのか……性別を飛び越えた、私にとっての特別な人、なんです。きっと」

今まで胸の中にあったザラさんへの気持ちを、上手く言葉にできたと思う。これ以上、相応しい表現はないだろう。

「私は、メルちゃんにとって特別？　こういうのは、私だけ？」

「はい。唯一無二の存在かと」

「そっか。そうだったんだ」

ザラさんの強張っていた表情は、和らいでいく。誤解は解けたようで、ホッとした。

「だったら、嬉しい」

晴れやかな笑みを浮かべるザラさんはとても綺麗で、眩しかった。

男女間のお付き合いは難しいと聞くけれど、この優しい人を悲しませるようなことはしたくないなと思った。だから、考えていることや自分の想いは、積極的に伝えよう。

「ごめんなさい。本題に戻るけれど、そういえば、エヴァハルト夫人の家にお世話になる話をしていたわよね？」

「ええ、その件なんですが」

ありがたいことに幻獣に理解あるリーゼロッテのお母さんの実家、エヴァハルト家に住めばいいと提案を受けたのだが――やはり、引っ越すならば自分のお城が欲しいと思ってしまったのだ。

「それに、貴族の家って、私には合わなそうで」

「確かに、エヴァハルト邸はちょっと堅苦しいかもしれないわね」

エヴァハルト家は歴史ある名家で、シャンデリアに豪奢な家具、大理石の床と、贅を尽くしたような内装らしい。

「やっぱり、そんな感じなんですね」

　家主であるエヴァハルト夫人にも、いろいろ気を遣いそうだなと思ってしまったのだ。

「だったら、自由気ままな自分だけのお城をと考えついたのですが」

　アメリアが暮らせる家となると、どうしても規模が大きくなる。家賃の安い共同住宅《アパート》ではアメリアの体が入り口に入らないので、一軒家《デタッチドハウス》を借りるしかない。

「なるほど。難しい問題なのね」

「はい。家賃は幻獣保護局が負担してくれると言うのですが、私は身の丈に合った暮らしをしたいなと」

　家賃は一部負担してもらって、大半は私が払いたい。幻獣保護局におんぶにだっこというのは何だか申し訳なくて。

「すみません、貧乏性なんです」

「メルちゃんの、そういう責任感の強いところとか、堅実なところ、私は好き」

「ありがとうございます」

　こういう、ザラさんと価値観が近いところは本当にありがたい。一緒にいて落ち着くのは、考え方の根底が似ているからなのだろう。

「じゃあ、今から物件を見に行く？」

「あ、はい！　実は、一緒に不動産屋に行ってほしいなと思って、誘いに来たのです」

「そうだったのね」

「手土産もなく、訪問してしまって」

「いいのよ。こうして来てくれるだけで、私はすっごく嬉しいから。でも、残念。メルちゃんが来るってわかっていたら、昨日の晩は裁縫せずにクッキーを作ったのに」

「ザ、ザラさんの、クッキー！」

何を隠そう、ザラさんのクッキーはお金を出してでも食べたいほど絶品なのだ。以前貰った木の実のクッキーは、本当においしかった……。

「そうだ。メルちゃん、このあと、暇？　一緒にクッキー作らない？」

「ああ、作りたいです！　作りたいのですが、このあと、寮に荷物を取りに行かなきゃいけなくて」

「荷物って？」

「あ、私達、リヒテンベルガー侯爵家でしばらくお世話になることになっていて」

「そうだったの」

「はい。クッキー、食べたかったです」

「だったら、不動産屋に行った帰りにお店で買う？」

「いえ、今日は大丈夫です」

すでに、ザラさんのクッキーの気分になっていたのだ。

あの特製クッキーを食べてしまったら、自分の作ったものやお店で買ったものが物足りなくなる。

まさしく、魔性のクッキーなのだ。

「一緒に住んでいたら、ザラさんとお菓子作りなんていつでもできるのですけれど」

「そうね」

やっぱり、ザラさんと暮らすのは楽しそうだ。しかし、同居するには、どうしても障害がある。

「だったらメルちゃん、もう一人、同居人を増やすというのは？」

「あ！」

そうだ。二人きりじゃなかったら、世間の目も気にならなくなる。

「ですが、問題は誰を誘うか、ですね」

「ええ……」

「ガルさんは、家族がいますしねえ」

「難しいわね」

可能ならば、近しい人がいい。しかし、ザラさんと私の共通の知り合いなんて、そう多くはない。

「メルちゃん、ジュンは？」

「ダメです！」

胸の前でバツを作り、全力で拒否した。

「弟みたいに接しているように見えたけれど？」

「ウルガスと一緒に帰宅して、周囲の人達に勘違いされたくないので」

「勘違いって、例えば？」

「ど、同棲、しているとか」

前に寮の女性騎士に、言われたことがあるのだ。

ウルガスと私は年が近く、ぽややんとしているのですごくお似合いだと。

「ウルガスは同僚です。仲間です。信頼していますし、弟みたいに可愛いと思うことはありますが、男女間の関係になりたいとかは、考えたことはありませんし、勘違いされたくもありません」

「でもメルちゃん。私とも、そういうふうに見られてしまう可能性だってあるのよ？」

「ザラさんは平気です」

「メルちゃん、それってどういう意味？」

「!?」

なんだかとんでもないことを言った気がして、顔が火に炙られているように熱くなる。

胸がバクバクと激しく鼓動し、ザラさんのことを見ていられなくなる。

顔を逸らしたまま、しどろもどろと話しかけた。

「す、すみません、今の発言は、なかったことに！」

「そのほうが、良さそうね。聞かなかったことにするわ」

ザラさんに大人の対応をしていただき、なんとかこの窮地《きゅうち》を脱することができた。


とりあえず、同居人のことは措いておいて、不動産屋に向かった。

「あれ、ザラさん、商店街のほうに不動産屋はあったのですが」

「あそこの不動産屋、あまりいい噂を聞かないの」

「そ、そうだったのですね」

店の中がまったく見えないという怪しい佇まいであったが、対応も怪しいものだったようだ。

なんでも、いわくつきの物件を説明なしに貸し出したり、雨漏りする物件を紹介したり、陽の光がまったく入らない部屋に強制入居させたり。

「酷いですね」

「それでも、王都に住みたい人は多いから、商売が成り立ってしまうのよね」

「なるほど。そうなんですね」

そんな話をしながらたどり着いたのは、騎士隊エノクだ。

「えっと、ザラさん？」

「騎士隊でも、物件を紹介しているのよ」

「ええっ！」

まさかの事実に驚く。何でも、寮から独立する騎士のために、物件紹介を行っているらしい。

「私の今の家も、騎士隊に紹介してもらったの。偶然、幻獣も住んでいい物件で」

「あ、そうでした。幻獣も問題ないか、聞かなければいけないですね」

「ええ。親身になって相談に乗ってくれるから、きっと、いい家が見つかるわ」

そんなわけで、ザラさんと二人で物件紹介をしてもらうことにした。

騎士舎の中、ザラさんと二人揃って私服なので目立ってしまう。廊下をすれ違う騎士達から、チラチラと視線が集まっていた。それとなく、気まずい。

「騎士隊の服を着てくれば良かったわね」

「ええ。まさか、こんなに注目を浴びるとは」

早足で騎士隊の事務所に向かった。

物件についての対応をしてくれたのは、この前シャルロットを紹介してくれたおじさんである。

「彼女は元気ですか？」

「おかげさまで」

「良かったです。少し調べたのですが、狐獣人は群れで暮らしていまして、家族のもとから離れてしまうと、元気がなくなってしまうと聞いたものですから」

たしかに、出会ったばかりのシャルロットは元気がなかった。しかし、今は元気いっぱいで、明るくなった。のびのび暮らしているように思える。

私が咄嗟に考えた、家族設定が功を奏したのかもしれない。

「しかし、これからが心配ですね」

「何かあるのですか？」

「今の時期くらいから、貴族女性が王都に花嫁修業にやってくるのです。その受け入れを、寮が行っていまして」

「寮に人がどっと増えると」

「はい」

シャルロットは繊細だから、大勢の慣れない人に囲まれたら委縮してしまいそうだ。

「だったらメルちゃん、シャルロットと一緒に住まないか誘ってみる？」

「それは、いいかもしれません！」

アメリアも、シャルロットが同居人だったら喜ぶだろう。もちろん、本人の意思を重要視するけれど。

「そういえば、物件の紹介でしたね」

「はい。すみません、話が逸れて」

「いえいえ、私も彼女のことは心配していたので、親身になってくれる人がいて良かったです」

　ここで、本題へと移る。

「ご希望はありますか？」

「鷹獅子《グリフォン》――馬と同じくらいの大きさの幻獣と一緒に暮らせるような家がいいのですが」

　貴族が住むような規模の家は落ち着かないので、ほどよい広さの家を希望する。

「鷹獅子《グリフォン》だけでなく、山猫《イルベス》もいるのですが」

「でしたら、平屋造り《バンガロー》タイプの家がいいかもしれないですね」

　平屋造り《バンガロー》とは、一階建ての家のことである。

「ほどよく大きい家もいくつかございまして」

　間取り図を出し、広げて見せてくれた。

「こちらは扉が左右に開くもので、天井も広いので鷹獅子《グリフォン》でも楽々入れるでしょう」

「おお……！」

　大きな部屋が三つあって、他に居間と台所、洗面所がある。お風呂は離れになるけれど、かなり大きい。これならば、アメリアもゆったりと入浴できそうだ。

「リスリスさん、幻獣保護局の住宅手当は？」

「私は、一部適用されると思いますが」

「私の山猫《インベス》は、特になくて」

「大丈夫ですよ。結婚手当もありますから」

「けっ⁉」

何も飲んでいないのに、噎《む》せそうになった。ザラさんは――やばい、白目を剥いている。肩を揺さぶっても、反応しない。どうやら、気を失っているようだ。

一度息を整え、勘違いを正した。

「あの、結婚ではありません。単に、共同生活をするだけです。それに、さっき話をした通り、住むのは私達だけではありませんし」

「そ、そうでしたか。すみません、勘違いを」

「いえいえ」

わかってくれたらいいのだよ。ザラさんも、誤解が解けたからか意識は回復しているようだった。

「それで、先ほどの家の家賃は？」

「それが、こちらは分譲となっております」

つまり、買い取らなければならないようだ。

「さらに、少々辺鄙《へんぴ》な場所にありまして」

　王都周辺の地図を広げ、指差されたのは森の中。どうやら、郊外にあるらしい。

「ここから騎士隊まで、馬で三十分といったところでしょうか？」

　今まで徒歩十分の場所で暮らしていたので、通勤時間はかなり増える。

「その上──」

「まだ、何かあるのですか？」

「はい。こちら、築百年で、内部の劣化が激しく……」

　何でも、百年前、とある貴族のおじさんが愛人関係になった女性を隠すために建てた平屋らしい。しかし、郊外に造られたささやかな規模の家を見た愛人はこんなところに住まわせるなんて酷いと憤慨《ふんがい》。その日をきっかけに、愛人関係は解消されてしまったようだ。

「百年間、一度も使わないまま、放置され続けているという」

　騎士隊が抱える一番の問題物件らしい。

「一応、紹介する方全員にこの話をしているのですが、縁起が悪いと言って買い取ってもらえず」

「でしょうね」

　買い取り価格に加え、改築費も必要になるようだ。

「紹介しようか迷ったのですが、鷹獅子《グリフォン》が住めるほどよい大きさの物件といったら、ここしかなくて」

「あの、ちなみにお値段は？」

「こちらになります」

書類に書かれていた価格は、土地代込みで私の給料一年半分といったところ。相場はよくわからないけれど、これはかなりお買い得なのでは？

分割でも購入できるみたいだし、この先も王都で暮らすことを考えたら、買っておいてもいいような。

「ザラさん、どう思います？」

「かなり安いと思うわ。田舎でも、ここまで安く買えないと思うの」

「そうですよね」

しかし、いい条件だからと飛びつくのは良くないことだろう。

物件にいわくがあるのはいいとして、問題は建物の劣化だ。

「メルちゃん、一回見に行ってみる？」

「そう、ですね」

もしかしたら、案外住めるかもしれないし。ザラさん、事務員のおじさんと三人で、問題の物件を見に行くことにした。

騎士隊の馬車を走らせること三十分。王都を出て、深い森に囲まれた場所に、その家はあった。

「すみません、かなり、入り組んだ場所でして」

「愛人を隠すために、こんなところに家を建てたと言っていたわね」

「ですね。でもなんか、実家のある森に雰囲気が似ている気がします」

森の中は明るく、木漏れ日が差し込んでいた。しばらく歩くと、平屋が見える。

家の周囲は木の柵があって、何やら文字が刻まれていた。

「これは、魔物避けの呪文ですね。魔法使いに依頼して、作ってもらったようです」

魔物避けがあるので、森の中でも生活できるのだろう。今はもう、こういうことができる魔法使いがいないので、希少らしい。

庭には池と橋があるらしいけれど、草がボーボーになっていて確認できず。

一番気になっていた平屋は――黄色い壁に赤い屋根の、まるで妖精が住んでいそうな、童話チックな家だった。

「わっ、ザラさん見てください。とっても可愛いお家です！」

「本当に！」

想像していたよりずっと大きかったけれど、アメリアが出入りするので、これくらい必要だろう。

「こちらは百年前に流行っていた、蜂蜜石《ミエレ・ストン》で造られた家でして」

「へえ、煉瓦《レンガ》ではないのですね」

蜂蜜石《ミエレ・ストン》は光沢があって、太陽の光が当たっている部分は少しだけ透けているように見える。まさに、蜂蜜《ミエレ》のような石だ。

「百年前の家には見えないですね」

「ええ。問題は中なんです」

事務のおじさんは鍵を取り出し、二枚開きの大きな扉を開く。取っ手を引くと、ギイ……と、低く重たい音がした。

「すみません、管理をしていないので、荒れていますが」

灯りを付けた角灯《ランタン》を手に、家の中へと入る。

「メルちゃん、これ、口に当てておいたほうがいいわ。埃っぽいから」

「あ、ありがとうございます」

ザラさんは手巾《ハンカチ》を手渡してくれた。確かに、部屋の中は埃臭い。さすが、築百年。埃の積もり具合も気合いが入っている。

一歩足を踏み入れたが、床はぎっしぎっしと怪しい音を立てていた。木製の床は、かなり劣化しているようだ。

「この床、全部ダメね。張り直さなきゃいけないわ」

「ちょっと、雨の日の落ち葉を踏んでいるような感じですね」

「ええ。たぶん、腐っているんだと」

「ひええ……」

もしかしたら床が抜けるかもしれない。怖くなってザラさんの上着を掴んでいたら、途中から手を繋いでくれた。

幸い、木製なのは居間の床だけで、他の部屋の壁や床、天井は砂石灰《モルタル》だ。少し黄ばんではいるものの、劣化しているようには見えない。

「居間の床をどうにかすれば、住めそうですね」

「ええ、そうね」

部屋を見渡していると、遠くからチュチュッ！　と、何かの鳴き声のようなものも聞こえる。

「ひっ！」

「メルちゃん、大丈夫。ただの鼠よ」

「で、ですか」

事務のおじさんがカーテンを開こうと手をかけたが、紙のように破けてしまった。

「わわっ、これは、ダメですねえ」

「百年も経ったら、こうなってしまうのですね」

明るくなった部屋の中はどこもかしこも古びていて、絵本の中で見たおばけ屋敷のよう。居間には立派な暖炉と棚、大理石のテーブルがある。これは、そのまま使えそうだ。棚の中には陶器のカップが収められている。

「あら、このティーカップ、アンティークじゃない！」

百年前に購入したであろう食器類は、年季が入って価値のある品となっているようだ。ザラさんは目を輝かせながら眺めている。

「あの、中にある家具や食器は、所有者に返すのですか？」

「いいえ、この家の中の品、丸ごと料金に入っているそうです」

持ち主はとにかく、家全体を処分したいようだ。

廊下は広く、アメリアが翼を広げた状態でも悠々と歩けそうだ。部屋も広く、アメリアもゆったり過ごせるだろう。

その後、すべての部屋を見て回り、離れのお風呂も確認した。

「あの、この家の改装ってどれくらいかかると思います？」

「そうですねえ」

職人ではないのでそこまで詳しくないが、床の張り替えだけだったらだいたい給料三ヵ月分くらいでできるらしい。

「ザラさん、どう思います？」

「そうね。ここだったら、ご近所様の目もないし」

「そうです！　二人で住んだとしても、変な噂が流れることはありません」

「メルちゃんの実家の雰囲気に似ているというのも、なかなか素敵な点よね」

「はい！」

実を言えば、家の外観はかなり気に入っている。蜂蜜《ミエレ》に似た石でできているなんて、童話にあるお菓子の家みたいだ。

「ザラさん、ここに決めません？」

「ええ、メルちゃんが良ければ」

そんなわけで、私達の住む家が決まった。

「改装費がちょっと心配ですが」

「床の張り替えだったら、私もできるわ。だから、材料だけ買ったら、あとは自分達でしない？」

「え⁉」

「私の故郷は、ビルケっていう木で床を作っているのだけれど」

ビルケは水分が多くすぐに床が反り、ダメになってしまうらしい。それで、一年に一回床の張り替えをするのだとか。

「だから、床は任せて」

「よろしくお願いいたします」

改装についても、どうにかなりそうでひとまずホッ。あとは、シャルロットが一緒に住むか、確認しなければならない。

「あ、ザラさん。一度、アメリアに相談したいのですが」

「ええ、もちろんよ」

たぶん、ザラさんとの同居をイヤだとは言わないだろうけれど、アメリアの家でもあるので聞いておかなければ。

「ブランシュにも、話しておいてください」

「あの子は、きっと喜ぶと思うわ」

「だと、いいですけれど」

とりあえず、家は決まった。これで安心して、夜も眠れるだろう。

＊

アメリアはあっさりと「いいよ！」と言ってくれた。逆に、「ザラとの同居は大丈夫なの？」と聞かれる始末。私より、未婚の男女の同居について詳しいようだった。

翌日、休憩時間にシャルロットを呼んで、ザラさんと同居について持ちかけてみる。

紅茶を淹れたので、冷めないうちに話し終えたい。わかりやすく、簡潔に提案してみた。

「え、シャルが、メルとアメリア、ザラおかーさん、大きな猫ちゃんと、一緒に住むの？」

「はい。もちろん、シャルロットが良ければ、ですが」

「住む！　シャル、みんなと暮らしたい！　でも、いいの？」

シャルロットは上目遣いで、ザラさんのほうを見る。

「どうして？　私は大歓迎よ」

「そう？　だったら、シャル、なるべく早く寝るね！」

「だ、大丈夫よ、シャルロット。そういう気遣い、しなくてもいいから」

いったい、何の気遣いなのか。ザラさんのほうを見たけれど、さっと目を逸らされてしまった。

「メル」

「はい？」

シャルロットは頬を赤らめながら、私の袖を掴む。

「シャルね、一緒に住むの、楽しみ」

「私も、楽しみです」

あまりの可愛さに、くらくらしてしまう。にこっと微笑みかけてきたので、シャルロットをぎゅ～～っと抱きしめた。

「シャルロットは、お耳がふかふかしていますね。とてもいい毛並みです」

「メルはふわふわしてるね～」

「ふわふわ？」

「うん。お胸が大きくて」

シャルロットがそう言った瞬間、ザラさんが突然紅茶を噴く。そのあと、盛大に噎せ始めた。

「ザラさん、大丈夫ですか？」

「げっほ、うっ、平気、げっほ！」

ぜんぜん、大丈夫そうには見えなかった。

「メルがぎゅってしたら、ザラおかーさんも元気になるよ！」

「え、そうなのですか？」

「シャルも、いつも元気になっているから！　メル、早くしないと！」

「な、なるほど！　だったらザラさん、ぎゅってしたほうがいいですか？」

「げっほ、げっほ、え⁉」

「イヤだったら、しませんけれど」

「イ、イヤじゃないわ」

「では、失礼します」

一言断ってから、ザラさんの隣に座って遠慮なく抱き着いた。効果があったのか、ザラさんの呟き込みは収まったように思える。

「ザラおかーさん。シャル、出て行ったほうがいい？」

「ま、待って、シャルロット。そこにいてもいいから！」

「そう？」

「そう。そこに、座っていなさい」

「は〜い」

どうやら元気になったようで、ザラさんから離れた。

「大丈夫ですか？」

「ええ、今度は本当に大丈夫」

やはり、一回目の平気は平気ではなかったようだ。

「メルちゃん」

ザラさんは真剣な眼差しで、私に話しかけてくる。

「こういうの、シャルロットやリーゼロッテ以外にしたらダメだからね」

「ええ、わかっていますよ」

これが、思い込み効果であることなど、百も承知の上だ。他の人には絶対にしない。

「だったらいいけれど」

シャルロットは耳をピコピコと動かしながら、「みんな元気になって、良かったね～」

と言っていた。

本当に、そう思う。


家を購入するための手続きなどは、ザラさんがすべてしてくれた。床の注文もしたよう
で、すでに家の前に運ばれているようだ。

明日、みんなで家に行き、床剥ぎをする予定だった。そんな話を、リーゼロッテに話す。

「案外、サクサク決まったのね」

「ええ。家自体はひと目で気に入って」

綺麗になったら、リーゼロッテも是非とも遊びに来てほしい。

「いいの？」

「はい。ザラさん、シャルロットと三人で、クッキーを作って待っていますね」

「なんだか、楽しそうね」

「ええ。とっても楽しみで」

ただ、心配な点がある。それは、家に鼠が住み着いていること。

「だったら、アルブムに狩らせたらどう？　イタチは、肉食でしょう？」

「イタチといっても、アルブムは妖精ですからね」

私が言うのも何だけれど、どんくさそうなので狩りをするようには見えない。

「役に立つかもしれないから、連れて行ったらどう？」

「そうですね」

リーゼロッテからの助言を受け、アルブムに頼みに行こうとしたがどこにもいない。

「アルブム、どこにいるんですかね」

「一日中、いろんなところをウロウロしているけれど、これといった定位置はないわね」

一応、リヒテンベルガー侯爵が家から脱出しないよう、結界を張っているらしい。家の中にいることは確かなのだ。

「侍女が話していたのだけれど、この前はシュガーポットの中で眠っていたらしいわ」

「見つけるのは困難、ということですね」

そうなったら、おびき寄せるしかない。ちょうど、目の前にアルブムが気になっているらしいパンケーキがある。リヒテンベルガー侯爵家の料理人が腕によりをかけて作った、絶品パンケーキだ。

「リーゼロッテ、これを餌に、罠を作りましょう！」

「そんなに、単純かしら？」

「わかりませんが、してみる価値はありますよ」

そんなわけなので、廊下に罠を仕掛けてみることにした。

作り方は実にシンプル。大きな籠を棒で立て、紐を結ぶ。その下に、パンケーキの載ったお皿を置くだけだ。アルブムがやって来たら、紐を引いて籠の中に閉じ込めればいい。

「完璧な作戦です」

「知能がある妖精だから、引っかかるわけないけれど」

私とリーゼロッテは廊下の曲がり角に隠れ、アルブムがやって来るまで待機する。

「ねえ、メル。お父様に、アルブムを召喚させたらどう？」

「侯爵様のお手を煩わせるわけにはいかないので」

「でも、こんな単純な罠で、妖精を捕まえられるはずが――」

と、ここで、廊下に白い影が見えた。

『何カ、甘イ匂イガスルナ～、ナンデカナ～』

アルブムが、パンケーキの匂いにつられてやってきた。リーゼロッテは目を見開き、信じられないという表情でいる。

『ワッ、コレ、パンケーキジャン！　モシカシテ、パンケーキノ娘ガ作ッタ、パンケーキ？』

何で、廊下に私の作ったパンケーキがあるって信じて疑わないのだろうか。不思議でならない。しかし、そのおかげで、アルブムを捕獲できそうだ。

しっかり籠の下に入ったのを確認し、紐を引いた。

「えいっ！」

するると、アルブムは籠の中に閉じ込められる。

『エッ、何コレ‼　突然、暗クナッタケレド⁉』

急いで駆け寄り、アルブムが逃げないように籠を上から押さえつける。

しかし、アルブムは逃げるよりも先に、パンケーキのほうへ手を伸ばしていたようだ。

『ワ～イ……ッテ、コレ、侯爵家ノ、料理長ノオッサンノ、パンケーキジャン！　パンケーキノ娘ガ、作ッタヤツジャ、ナイノカヨ！　ケレド、安定シテイテ、美味イナア！』

一度も食べていないのに、私が作ったか否かわかるなんて。しかし、こんな状況でも、パンケーキを食べるとは。さすが、食いしん坊妖精だ。

「アルブム、ちょっといいですか？」

『ン？　パンケーキノ娘ダ。何？　アルブムチャンニ、用事？』

「ええ。実は、お願いがありまして」

『ナニナニ？』

「引っ越し先にどうやら鼠がいるようで」

『エッ、怖ッ！』

「アルブム、鼠が苦手なのですか？」

『アイツラ、噛ミツクンダヨ？　怖イジャン』

「……」

見た目は肉食動物でも、中身は妖精のようだ。鼠退治の役に立ちそうにない。諦めようとしたその時、リーゼロッテがある提案を持ちかける。

「ねえ、メル。鼠捕りを頑張ったら、パンケーキを作ってあげることにしたら？」

「ええ、そうですね。鼠を捕まえてくれたら、特製パンケーキを作ってあげます」

『エ、本当ニ？　ダッタラ、アルブムチャン、鼠捕リスル！』

嗚呼、アルブム。なんと単純な妖精よ。しかしそのおかげで、鼠問題はどうにかなりそうだ。

「わたくしは行っても、役に立たないでしょうね」

「そんなことないですよ。リーゼロッテの手を借りられるのであれば、大助かりです」

「だったら、わたくしも行こうかしら」

明日は、リーゼロッテとアルブムの手を借りて、新居の改装を行うことになった。

＊

夜は曇り空で心配していたけれど、杞憂《きゆう》だった。空は雲一つない青空が広がっている。

私はアルブム、アメリア、リーゼロッテと共にシャルロットを連れ、新居までやって来た。シャルロットは家を見た途端、目をキラキラと輝かせる。

「わあ～～、メル、蜂蜜《ミエレ》色の家、きれいね！」

「本当。不思議な色合いね」

今はほとんど採掘されないという蜂蜜石《ミエレ・ストン》を、贅沢に使った家なのだ。……いわくつきだけれど。

アルブムは家に近づき、蜂蜜石《ミエレ・ストン》をペロリと舐めていた。

『味、シナ～イ』

「当たり前です。蜂蜜《ミエレ》ではないですから」

『ウウッ……』

アルブムの食い意地は筋金入りのようだ。さっきも、たっぷり朝食を食べていたというのに。

「では、アルブム。鼠捕り、頼みますね」

『ウ、ウン』

革袋を渡すが、あまり乗り気ではないようだ。

「昼食は、パンケーキを作りますので」

『エ、ソウナノ?』

「はい。だから、頑張ってくださいね」

『ハ~イ!』

アルブムは張り切った様子で、家の中へと入って行った——が。

『ギャアアア! デカイ鼠ガ、イタ! アルブムチャンヨリモ、デカイヤツ!』

「うわっ……」

「イヤだわ」

敵は巨大らしい。アルブムは私の足下にヒシッと抱き着き、涙目で訴える。

『怖イヨオオオ。捕マエルトカ、無理ィ~~』

「そ、そんな……」

鼠をどうにかしないと、生活なんてできない。困っていたら、リーゼロッテがやる気を見せてくれる。

「メル、わたくしが焼いてきましょうか?」

「いえ、お気持ちだけいただいておきます」

もれなく家まで大炎上しそうなので、丁重にお断りした。

「鼠も、罠を仕掛けて捕まえるしか——」

「シャルが捕まえてこようか?」

「え？」

「シャル、鼠捕まえるの、得意だよ」

何でも、狐獣人の村には食糧庫を荒らす鼠がいたらしい。それを退治するのは、シャルロットの仕事だったようだ。

「ですが、アルブムよりも大きな鼠ですよ」

「ん、平気。シャルの村の鼠も、大きかったから」

「そ、そうですか。で、では、お願いできますか？」

「わかった」

アルブムが持って行った革袋では小さいので、大きな革袋をシャルロットに手渡した。

「木の棒も借りていい？」

「ど、どうぞ」

魔棒グラを武器として使うようだ。

「じゃ、行ってくるね！」

「お願いします」

足下に張り付いていたアルブムを剥がし、シャルロットについて行くように命じた。

『エエッ、ヤダヨオ』

「でしたら、昼食のパンケーキは、なしになりますが？」

『行ッテキマ〜ス』

嗚呼、アルブム、なんと単純な妖精よ。（※昨日ぶり、二回目）

家の中からドタバタと物音が聞こえた。あとからアルブムの『ギャアア〜、鼠〜〜！』という叫び声と、シャルロットの『そこだ、アルブム、噛みつけ！』、『無理ィ〜〜』というやり取りが聞こえる。

鼠については、シャルロットに任せておけば大丈夫だろう。

「メル、私は何をすればいいの？」

「では、リーゼロッテはアメリアと昼食用の簡易かまどを作ってもらえますか？　とりあえず、食事を作る所と、不要物を燃やす所の二ヵ所くらい」

「わかったわ」

「アメリアも、頼みますね」

『クエ！』

石を拾いに行く二人を見送ったあとでふと気づく。

ザラさんとは現地集合にしていたのだが、集合時間はとっくに過ぎている。遅刻なんて珍しい。そう思っていたら、馬の嘶《いなな》きが聞こえた。

振り返ると、馬に跨ったザラさんと、ブランシュの姿があった。

「ザラさん！　と、ブランシュ」

「遅れてごめんなさい」

「いえ。何かあったのですか？」

「この子がついて来るって聞かなくって」

『にゃあ！』

ブランシュが私に片手を上げて挨拶してくれた。

「新居の話をしたら、行きたいって主張して」

「そ、そうだったのですね」

馬がブランシュに怯え、まっすぐ走ってくれなかったのだとか。山猫《イルベス》みたいな大きな猫が隣にいたら、馬も落ち着かなかっただろう。何というか、お気の毒に。

「捕まえた～！　アルブム、頭押さえていて」

『エエエ～～』

さっそく、シャルロットは一匹目の鼠を捕獲したようだ。仕事が速い。

「賑やかね。何をしているの？」

「ね、鼠捕りを」

「ふうん、そうなの」

『にゃあ！』

鼠捕りと聞いたブランシュが、目を輝かせながらザラさんを見上げる。

「もしかして、鼠捕りに参加したいのでしょうか？」

「そういうの、させたことはないいんだけれど」

「山猫《インベス》の本能なんですかね」

「肉食じゃないのに、不思議ね」

ザラさんはブランシュに噛みついたりしないと言い聞かせ、家の中へ入れた。

「わっ、大きな猫ちゃん来た！」

『ナ、何デ～～⁉』

内部はますます賑やかになる。ドタンバタンと駆けずり回った結果、シャルロットは四匹の巨大鼠を捕まえたようだ。

革袋の中でうごめく鼠はなるべく見ないようにしながら、シャルロットを偉い偉いと褒めた。

「シャルロット、さすがですね！」

「大きな猫ちゃんが手伝ってくれたの。アルブムは、ちょこっとだけね」

『イヤ、アルブムチャンモ、全力ダッタヨ』

捕獲した鼠は、森に放す。

ムチムチしていて肉付きは良かったけれど、鼠は食べられない。

「みなさん、手を洗ってくださいね。鼠は雑菌まみれなので」

「は〜い」

鼠がいなくなったので、やっと作業ができる。まずは、床を剥がす作業から。

ザラさんは先が曲がった工具で、どんどん床を剥いでいった。シャルロットは、素手で床を剥ぐ。

私は剥いだ床板を庭に運んだ。とりあえず、作ったかまどの火で、床板を焼いてもらう。アメリアは爪と嘴を使い、床板を細かく裂いていく。リーゼロッテはその木を、炎魔法で焼いてくれた。

「リーゼロッテ、アメリア、怪我しないように気をつけてくださいね」

「ええ、わかっているわ」

『クエ！』

ブランシュも床板を運ぶが、途中で飽きてぜんぜん関係ない所に放置してしまう。そのため、アルブムがブランシュの頭の上に乗り、リーゼロッテのいる所まで誘導してくれた。

そろそろ昼食の準備を行わなくては。本日作るのは、アルブムと約束していたパンケーキ。甘いパンケーキだけだと飽きるので、しょっぱい系のパンケーキも作ってみることにした。

まずは、パンケーキの生地を作る。

最初に甘いソースから。草ボーボーの庭に、木苺《ルブス》の木があったのだ。まだ酸味が強いので、砂糖をたっぷり入れて煮込む。仕上げにさっと柑橘汁を搾った。これを入れると、よりいっそうソースがおいしくなる。

ソースが完成したので、今度はパンケーキ作りに取りかかった。

卵を白身と黄身に分け、白身には砂糖を入れてふわふわのメレンゲを作る。黄身のほうには牛乳と小麦粉、ふくらし粉を入れて、白っぽくなるまで混ぜた。

その二つを、一つのボウルに入れてかき混ぜる。ここで注意することは、メレンゲを潰さないこと。

生地を混ぜたら、バターをたっぷり落とした鍋で焼く。途中、水を入れて蒸し焼きにした。こうすると、ふっくら仕上がるのだ。

しょっぱい系のパンケーキの生地には、チーズと森胡桃《ノワイエ》を混ぜて焼いた。

焼きあがった生地に、目玉焼きを載せて塩コショウをかけたらしょっぱい系パンケーキの完成。

「みなさん、昼食ができましたよ！」

そう声をかけると、一番にアルブムがやって来た。

『パンケーキ！』

「パンケーキですよ」

『アルブムチャン、食ベテモイイノ？』

「頑張っていたので、いいですよ」

『ヤッタ～～！』

ブランシュ、シャルロットもやって来た。そのあとに、ザラさんも。

「わっ、シャルロット、顔が汚れています」

「床の下で、キレイな石を見つけたの」

「やだ、ブランシュも真っ黒じゃない！」

どうやら、シャルロットとブランシュは、仲良く床下に潜り込んでいたらしい。顔が土だらけだったので、濡れた布巾で顔を拭いてあげる。

「ふふ、くすぐったい！」

「我慢してください」

石は土の中に埋まっていたようだが、シャルロットはエプロンで拭いて綺麗にしたようだ。よくよく見たら、エプロンも土まみれだ。

ザラさんも、一生懸命ブランシュの顔と足先を拭いている。

綺麗になったあと、拾った石を見せてもらう。大きさは人差し指と親指を丸めたくらい。表面はつるりとしていて、蜂蜜《ミエル》をそのまま固めたような光沢を放っている。

「メル、キレイでしょう？」

「こ、これは……!?」

石の中心に、虫みたいなものが入っていた。

「ザラさん、これ、琥珀ですよね？　リーゼロッテのほうが詳しいかもしれないわ」

「そう見えるけれど……。リーゼロッテ？」

「そうですね」

リーゼロッテがアメリアと共に戻ってきたので、聞いてみることにした。

「あの、リーゼロッテ、これって琥珀ですよね？」

「ええ、そうね。ここまで透明度の高いものは初めて見るし、中に入っているのは――」

「虫ですか？」

「う～ん、小さくって、よくわからないわ」

琥珀とは木の樹脂が長い期間を経て固形化したものだ。その中に、古代の生き物を閉じ込めたまま固まってしまうものもあるらしい。

「好事家《こうずか》に、高値で売れるらしいの」

「へえ」

土の中に埋まっていたので、この家の持ち主の所有物ではないだろう。

ザラさんは笑顔でシャルロットの頭を撫で、琥珀の使い道を教えてあげていた。

「良かったわね、シャルロット。首飾りとか、胸飾りにしたら、いいかもしれないわ」

「そういうのに、できるの？」

「ええ。今度、作ってあげるわ」

「うれしい！」

そんな話で盛り上がっていると、アルブムが低い声で話しかけてくる。

『アノ～～、食事ニシマセン？』

「そうでした」

先に食べていると思っていたが、みんなが来るのを待っていたようだ。アルブム、意外と偉い。

アメリアとブランシュの分の果物を用意したら、準備は万端だ。

「よし、食べましょう」

まずは祈りを捧げ、食材に感謝する。そして、私は甘いパンケーキから食べることにした。

「んっ、ふわふわ！」

たっぷり空気を含ませたメレンゲ入りの生地は、ふわっふわ！　甘いパンケーキが、甘酸っぱい木苺《ルブス》のソースとよく合う。

アルブムはどうだったのか。ちらりと見てみたら、フォークを握ったまま硬直していた。

「アルブム、どうかしたのですか？」

『コレガ……パンケーキノ娘ノ、パンケーキ……⁉』

「え～っと、お口に合いませんでしたか？」

アルブムはフォークを握りしめ、目をまんまるにしたまま、ぶんぶんと首を横に振る。

『今マデ食ベタモノノナカデ、一番、オイシカッタ』

「そんな、大袈裟な」

『本当ダカラ！』

一生懸命働いたので、余計においしく感じるのかもしれない。

「でも、メルのパンケーキ、とってもおいしいわ」

「そ、そうですか？」

「私もメルちゃんのパンケーキ、大好きよ」

普段おいしい物を食べているリーゼロッテや、料理上手のザラさんにまで評価されるなんて。

「メルのパンケーキ、おいしいね！　食べていると、にこにこになるの」

「シャルロットまで、ありがとうございます」

私の料理は、みんなを笑顔にできるんだ。そう考えたら、心が喜びで満たされる。

ほっこりした気分になっているところに、アルブムがやってくる。私のスカートの裾を軽く引っ張りながら、おずおずと話しかけてきた。

『パンケーキノ娘ェ。マタ、アルブムチャンニ、パンケーキヲ、焼イテクレル？』

「そうですね。悪さをしないで真面目にしていたら、たまに焼いてあげてもいいですよ」

『ワ～イ！』

これで、アルブムも少しは大人しくなるだろう。たぶん……きっと。

パンケーキの力は偉大なのだ。そう思いたい。

今日は床板を剥ぎ、焼くだけの作業で終わってしまった。床張りはまた今度。

他にも、家の掃除や庭の草抜きなど、やることは山のようにある。

じっくり丁寧に、改装を進めていく予定だ。

引っ越しができる日が楽しみである。

挿話　シャルロットのお留守番と、ご褒美スイーツ

　わたしの生まれ故郷は、炎で焼かれてなくなった。奴隷商に取り押さえられ、小さな檻に入れられた。これからどうなるのかと怖くてたまらなかった。

　そんな中で出会ったのは、メルだった。彼女は、空腹のわたしにおいしい食べ物をくれた。一緒にいた鳥（？）のアメリアも、何て言っているのかわからないけれど、励ましてくれていることはわかった。

　メルのおかげで、わたしは救われた。

　その後、わたしは騎士隊に保護され、言語の勉強とメイドの仕事を習った。人並みに仕事ができるようになると、私はメルがいる第二部隊に配属されたのだ。

　メルとアメリアに再び出会えたことは、本当に本当に嬉しかった！　いないと思っていた神様に感謝したくらいだ。

　わたしが配属された第二部隊には、メルと同じくらい優しい人達がいた。

　まず、サンゾク隊長。顔は怖いけれど、褒めてくれたり、たまにこっそりお菓子をくれ

たりする。

アンナおねーさんはいつも優しくて、わたしのお話をいつまでも聞いてくれる。

ガルおとーさんは、耳の形がわたしのおとーさんに似ていた。何だか、懐かしい気持ちになる。

ザラおかーさんは、いい匂いで、笑顔を見ているとホッとする。

ジュンは、いつもニコニコしていて、困っていることがないかと聞いてくれる。

リーゼロッテは、お茶を一緒に飲もうと誘ってくれる。お話しするのは楽しい。

アメリアはクエクエ言って、わたしを応援してくれるのだ。

最後に、メルはわたしの一番のお友達だ。一緒にいて、とっても楽しい。

そんな彼らは、各地に遠征して、魔物と戦う騎士なのだ。

「では、シャルロット、行ってきますね」

「じゃあね、メル」

今日も、第二部隊の面々は遠征へと赴く。その後ろ姿を、わたしは見送った。

王都は晴れ。

わたしの生まれ育った森は霧が深く、曇天が続いた。このように、カラッと晴れることは少ない。

メルはお洗濯日和だと言っていた。

ここでふと、仕事を思い出す。のんびりとここで、メル達を見送っている場合ではなかった。

わたしはわたしの仕事をしなければ。

まず、第二部隊の騎士舎にあるカーテンや、テーブルクロス、訓練で使ったタオルなどを井戸の近くに集める。物置から大きな桶と、洗濯板を持ってきて、今から洗うのだ。

狐獣人の村では、川でゴシゴシと洗うだけだったけれど、この国では石鹸を使って洗う。

洗濯板は、布をこすりつけると汚れがすぐに落ちるのだ。驚くほど、画期的な道具だ。

しかし、洗濯板よりも便利な道具があるらしい。

人数の多い部隊では、魔石を動力源とした自動洗濯機という物があるのだとか。魔法の力で洗濯から乾燥までするようだ。

いったいどんな物なのか、気になる。

洗濯をしていると、石鹸がフワフワと泡立つ。いい匂いで、わたしは大好きだ。

手に泡を付けて輪を作りふうっと息を吹きかけると、シャボン玉ができる。メルが教えてくれた。

洗った洗濯物は水分を絞って、洗濯竿に干す。

そんなことをしていたら、背後より足音が聞こえた。第二部隊の人達ではない。別の騎士のものだ。

わたしは見つからないように、草陰に隠れておく。

騎士の人が小走りでやってきた。年頃はメルと同じくらい。髪はアンナおねーさんと同じ黒で、長い髪を獣の尻尾のように一つに纏めている。健康的な小麦色の肌をしている女性騎士だ。紙を運んでいる。

こういう紙運びは下っ端の仕事だと、ジュンが言っていた。第二部隊では、彼が紙を運ぶ仕事をしているらしい。

やってきた騎士も、二、三日に一度第二部隊に紙を持ってくる。顔と匂いは覚えていた。一回話しかけられたことがあるけれど、会話に自信がなくて逃げてしまったのだ。

それ以降、彼女がやってくると隠れている。

女性騎士は、鍵がかかっている騎士舎を前に、困った顔をしていた。どうやら、遠征に行ったことを今知ったらしい。

わたしは、サンゾク隊長から書類の受け取りも任されている。貰いに行かなければ。

しかし、第二部隊の人達としか話をしたことがないので怖くなる。もしも、笑われてしまったらどうしよう……。不安になってしまう。

耳が、ペタンと伏せられているのが、自分でもわかる。わたしは、どうしようもないくらい臆病なのだ。

でも、騎士隊の人はみんな優しい。

第二部隊の人達だけではない。保護してくれた騎士も、怖いことはしなかった。だから、あの女性騎士も大丈夫だろう。

　わたしはありったけの勇気をかき集め、草陰から出る。

　気配と足音をなくし、そっと近付いて——いや、これは狩りの方法だ。驚かせてはいけないと思い、遠くから声をかける。

「ねえ、それ、サンゾク隊長の、紙？」

　問いかけると、女性騎士はビックリした顔で振り返る。驚かせてしまったようだ。

「あのね、シャル、受け取っておくように、言われているの」

「あ、そう、でしたか？　助かります」

　わたしのもとへと駆けてきて、紙を差し出した。前に、メルが紙を受け取っていた時に言っていた言葉を返す。

「おつかれ、さまです」

「ありがとうございます」

　女性騎士が笑みを浮かべたので、わたしも同じように微笑みを返した。ここで、彼女とは別れる。

　何とか上手くいったようで、ホッ。

　その後、裏口から第二部隊の騎士舎の中へと入り、サンゾク隊長の執務室に紙を持っていった。紙が風で飛ばないように、外で拾った丸い石を置いておく。

「これで、よし!」

何だか、大きな仕事を成し遂げたような気分になる。


洗濯が終わったので、各部屋の掃除を行う。

休憩所は窓を全開にし、空気の入れ替えをしながら長椅子を叩いて埃を落とす。本棚の本はきちんと高さごとに揃えたり、巻数を順番に並べたりと整理整頓した。

今度は床磨きだ。木製の床は箒で掃いて水拭きしたあと、木材の艶を出す蜜蝋を塗った。

休憩所と執務室が終わったら、今度は石の床がある台所に水を流す。ここは、ブラシで磨くのだ。

かまどから出る煤《すす》や埃など、汚れが床に染み付いているので大変な作業だ。

腰を入れて、せっせと磨いていく。

台所の掃除が終わった頃に、お昼になった。メイド寮の食堂のおばちゃんが作ってくれたお弁当を食べる。

食堂に人が多くて近寄れないと言ったら、こうして毎日作ってくれるようになった。

今日のお弁当は、肉を挟んだパンに、茹でた腸詰にジャガイモ、それからまるままの森林檎《メーラ》。どれもおいしかった。

昼からは、メルに頼まれていた保存食作りをする。

ビスケットと、森林檎《メーラ》の砂糖煮《メルメラーダ》を作った。

そうこうしているうちに、夕方になった。洗濯物を忘れていた。慌てて取りに行く。

どれも乾いていて、石鹸のいい匂いがする。

黄ばんでいたカーテンや、紅茶を零したテーブルクロスはすっかり真っ白になっていた。綺麗になったので、とっても嬉しい。

騎士舎に戻り、カーテンを取り付け、テーブルクロスをかけて回った。それから、騎士舎の窓を閉め、鍵をかけて回った。戸締りは万全だ。それが終わったら、エプロンを外して洗濯籠に入れておく。

これで、一日の仕事は終了になる。同時に、お腹がぐうっと鳴った。

走ってメイド寮まで帰った。

「シャルロットちゃん、おかえりなさい」

「ただいま！」

食堂に顔を出すと、おばちゃん達が笑顔で迎えてくれる。

「これ、お弁当、ありがと！　おいしかったよ！」

「おやおや、それは良かった」

この時間帯は、メイド達は少なく落ち着いて食べられる。他の職場は、残業とかもあるらしい。

「シャルロットちゃん、パンは焼きたてだよ！」

「わあ！」

ふっくらとした、大きな丸いパンがお皿の上に置かれる。それに、具だくさんのアツアツスープと、肉の串焼きが添えられた。今日も豪勢《ごうせい》な食事だ。

故郷ではこんな贅沢な食事、ありえない。どこの家も貧しくて、一日一食しか食べられない日もあった。

わたしは本当に、運が良かったんだと思う。

生き残って、今は優しい人達に囲まれている。

「ほれ」

「え？」

食堂のおばちゃんが、食後の甘味だと言ってケーキをくれた。

「今日は頑張っていたみたいだから、特別だよ」

「わあ、ありがとう！」

ケーキは三角形に切られていて、表面には白いクリームが塗られている。中はスポンジと木苺《ルブス》の砂糖煮《メルメラーダ》が交互に重ねられていた。

ワクワクしながら、ケーキにフォークを滑らせる。

木苺《ルブス》は酸味が強いけれど、クリームと合わさって甘酸っぱい味わいになる。ケーキの生地はフワフワで、とってもおいしかった。

ケーキを食べている間、幸せな気分で満たされた。

食堂のおばちゃんに、再度お礼を言ってお皿を返す。

と、このように、わたしの周囲には優しい人ばかりだ。

いつか、このご恩を返したい。

だからわたしは、毎日頑張るのだ。

豪雨とエルフとキノコ蟹麺

王都の雲一つない晴れやかな空は、見ていて清々しい気持ちになる。フォレ・エルフの村といったら、森の木々に空が覆われ、降り注ぐ光は木漏れ日のみだ。そんな、森の奥地に住んでいた。

おかげさまで、と言えばいいのか……。街を歩いていると、子どもに「妖精さんだ！」と指を差されることもある。

そんな時、決まってぎょっとした母親らしき女性に、「あれはエルフよ。近づいたらダメ！」と言われてしまうのだ。

王都ではエルフ＝変わり者、いたずら好きというのが定説らしい。そういう絵本を、書店で見かけたことがあった。子ども達はみんな、大好きな物語らしいけれど。

そもそも、いたずら好きはエルフではない。ゴブリンの伝承と混ざっている可能性がある。極めて遺憾《いかん》なりと、憤りを感じていた。

エルフとは、物語の中の住人で、実際目の当たりにすると遠巻きにされてしまうのだ。

これは、絵本だけの風評被害ではない。王都にやって来る、変わり者エルフのせいでもあるのだ。

一括りにエルフといっても、多岐に亘《わた》る。千年生きる長命種もいれば、百年ほどしか生きない短命種もいる。ちなみに、フォレ・エルフは短命種だ。

そんなエルフには、共通点がある。それは――生まれ育った地を愛し、種族の伝統を守って静かな暮らしを送ること。

そんな掟を破って都会にやってくるエルフは、たいてい変わり者なのだ。そのためエルフ＝変わり者、という印象が広まり、私みたいな普通のエルフは風評被害を受けてしまう。

騎士隊の人達はさすがと言うべきか。エルフである私を、すぐに受け入れてくれた。それは、騎士隊エノクの体質でもあるのか。

来る者拒まずの騎士隊には、さまざまな種族の者が所属している。ガルさんみたいな獣人に、半人半馬《ケンタウロス》、トカゲの頭部を持つ竜人《ドラーク》に、猫妖精《ケット・シー》など、絵本の住人のような者達が、日々せっせと働いているらしい。ガルさん以外、見たことがないけれど。

懐が深い騎士隊の人達には、常日頃から感謝している。

そんな折に、私のエルフ繋がりである任務がやってきた。

エルフである私がいるからこそ、任された仕事とはいったい……？

固唾《かたず》をのみながら、ルードティンク隊長の報告を待つ。

「王都から馬車で一日半離れた、デーデ草原という地域を知っているだろうか？」

ルードティンク隊長の問いかけに、頷いたのはベルリー副隊長だけだった。

「新人騎士の演習地が、デーデ草原だったかと」

「そうだ」

デーデ草原は、西にあるワストーン子爵家が領する広い草原らしい。

すべてではないが、ある期間に限定して新人騎士の演習地として貸し出されていたと。

かつてのベルリー副隊長は教官役として何度も行き来し、日夜訓練に明け暮れていたらしい。

「デーデ草原は、騎士達の演習地としてだけでなく、観光地としても知名度を上げてきていたらしい」

どうやらデーデ草原には豊富な食材があるらしく、秋にはキノコの宝庫として有名だったようだ。持ち主であるワストーン子爵が土地を無料で開放していることから、人気が広まっていたとのこと。

「そのデーデ草原なのだが、ここ半月ほど、豪雨が降り続けているらしい」

初夏の雨季以外でこのように雨が降り続けていることなど、ありえないことなのだとか。

「雨のせいで生態系が崩れるだけでなく、近くの川が氾濫《はんらん》し、沼地のようになっているようだ」

「⁉」

その報告に、ベルリー副隊長は瞠目していた。その後、細められた目に浮かぶのは、怒りか、悲しみか。

「とても、美しい草原だったと聞く。そうだったのだろう、ベルリー？」

「ええ……。春の青々とした若芽に、初夏の爽やかな草々、秋の黄金色に染まった草原は、とても美しいと……」

しかし、その美しい草原は、失われてしまった。不自然な大雨のせいで。

「そこで、エルフの話に戻るのだが――」

調査にやってきた魔法研究局の局員が、デーデ草原で一人のエルフを見たらしい。

「絹のような白い長髪に、陶器のようななめらかな肌を持つ、美しいエルフだったとか」

まさに、物語に出てくるエルフのようだ。

「なるほど。王道のエルフですか」

「王道って、リスリス、お前は何のエルフなんだ？」

「私……私はダークエルフのように邪道エルフではありませんし、こう、何でしょう。珍味……？」

珍味って何だ。珍味って。私は変わり者のエルフではない。

「ハッ、そうです。私は、普通のエルフです」

「何でもいいがな。続きを話してもいいか？」

「すみません、どうぞ」

草原で見かけるようになったエルフが、デーデ草原に雨を降らしているのではと魔法研究局の局員は疑っているらしい。

おそらく天候魔法だと予想しているのだとか。天気を操る大魔法だが、ハイ・エルフだったら使える可能性が高いと。

「局員は話を聞こうとエルフに近づこうとしたらしいが、雷魔法で威嚇《いかく》されてしまったようだ」

美貌《びぼう》のエルフから、話を聞く余地すらなかったと。

「そこでだ。同じエルフであるリスリスに、交渉させてみようと――」

「む、無理です」

だって、エルフといっても、フォレ・エルフとは限らない。

「私の村に、白髪美人はいませんでした。よって、知り合いでも顔見知りでも、何でもありません」

「そうだろうと思って、俺も上層部には伝えたが」

「そ、そう、ですか」

さすがルードティンク隊長である。エルフの知識を多少持ち合わせているようだ。

「そういうことは、エルフとか何だとか、関係ないんだよ。分かり合えないヤツとは、種族だろうが、言語だろうか、共通するものがあっても、絶対に分かり合えない」

「ごもっともで」

「だから、交渉のプロを向かわせるべきだと言ったが、上のヤツらも聞かなくって」

何でも、そのあとも魔法研究局の局員を派遣したらしい。しかし、取り付く島もなかったようだ。

「こうなったら、同じエルフと話をさせろとなったらしい。まったく、迷惑な話だ」

ルードティンク隊長に拒否権はなく、私達はデーデ草原に遠征することになったようだ。

「まあ、そんなわけで、今から遠征に出かける」

デーデ草原はワストーン子爵家が領する街の近くにあるらしい。

「夜は、ワストーン子爵領で寝泊まりする予定だ」

豪雨の中、野営なんぞできないだろう。その点はすごく助かる。

「しかし、何があるかわからないので、食料は持っておくように」

「了解しました」

今回、魔法研究局より差し入れがあるらしい。

「雨を弾く雨具と、鞄だ」

「お、おお！」

「さらに、靴などに塗ることができる、防水クリームも付いている！」

黒い外套の内側に、雨を弾く呪文が刻まれているらしい。鞄までも防水加工してくれているのは、地味に助かる。

魔法研究局って怪しげな研究ばかりしているかと思いきや、まともな品物も作っているようだ。

「使用後は、着用した感想を聞かせてほしいと言っていた」

研究込みで、純粋な好意ではないことはらしいというか、何というか。しかし、豪雨の中の任務で、役立つことは確かだ。

「というわけだ。準備は一時間じっくりかけろ」

誰かの命が危ういとか、災害が起こりそうなので阻止とか、そういう任務ではないので、そこまで急がなくてもいいらしい。みんなが解散したあと、私はルードティンク隊長に質問する。

「あの、ルードティンク隊長」

「何だ？」

「アメリアなのですが、連れて行きます？」

『クエ、クエクエ⁉』

私の背後でアメリアは「普通に同行しますけれど、何か⁉」と言っている。

「アメリア、あなたが着用できる雨具はないのですよ？　全身雨でびしょ濡れになってもいいのですか？」

『ク、クエ』

アメリアは、雨に濡れることを極端に嫌う。翼が水分を含むと飛べなくなるから、本能的な反応なのかもしれない。

「このクリームを全身に塗るとか？」

「いや、足りないでしょう」

防水クリームの缶は、ルードティンク隊長の手のひらよりも大きい。けれど、アメリアの全身を塗るには圧倒的に足りないだろう。

『クエクエ、クエクエ……』

しかし、アメリアは濡れてもいいから私に付いて行きたいと言っている。親離れしたかもと思っていたけれど、まだまだ母親代わりの私から離れられず甘えん坊のようだった。

「だったら、デーデ草原には連れて行かずに、ワストーン子爵領の街に置いて行けばいいじゃないか。行き帰りの移動で三日、遠征先に何日滞在するかわからない中で、離れ離れになるのは辛いだろう」

ルードティンク隊長はこんなに強面《こわもて》なのに、アメリアを慮《おもんぱか》る優しさに溢れていた。

「そうですね。アメリアも、それでいいですか？」

『クエ……』

デーデ草原には同行しないということで、納得してくれたようだ。これで、安心して準備ができる。

「よし、アメリア。遠征の準備をしましょう」

『クエ！』

こんなに青空が広がっているのに、豪雨が続く地域があるなんて信じられない。エルフの女性は、どうしてデーデ草原に雨を降らし続けているのか。

ぼんやりと空を眺めていたら、食糧庫のほうからシャルロットが走ってやって来る。

「メル、食材、詰めておいたよ」

「わっ、ありがとうございます」

どうやら、ウルガスが防水鞄をシャルロットに渡していたようだ。ざっと中身を確認したところ、申し分ない量の食事が綺麗に詰められている。

「シャルロットは、鞄に物を詰めるのが上手ですね」

「えへへ」

今、鞄の中身を広げたら、同じように詰めるのは難しいだろう。シャルロットの荷造りは、芸術なのだ。

「あのね、シャルル、荷造りは、メイドの先生に、習ったの」

「へえ、そうなのですね」

シャルロット曰く、荷造りは使用人にとって必須の能力らしい。

「旅行の荷物を詰めたり、嫁入り道具を詰めたり、買い物した物を詰めたり、荷造りは絶対にするから、お勉強するんだって」

「なるほど」

私も、その技術は習いたい。騎士隊でも、講習とかしてくれないかな。今度、ルードティンク隊長に相談してみよう。

そのあと、着替えを鞄に詰め込む。防水効果のある雨具はあるけれど、すべての雨粒を遮断するのは難しいだろうと予測し、下着やシャツは多めに持って行くことにした。

準備ができたら、恒例のシャルロットの見送りを受ける。

「シャル、寂しいけれど、みんなの帰りを、待っているね」

「シャルロット……！」

「たくさん保存食、作っておくから」

もじもじしながら、そんなことを言ってくる。もう、可愛くて、いじらしくて、ぎゅう～～っと抱きしめてしまうのだ。

「さっさと任務を終わらせて、まっすぐ帰って来るので」

「メル、頑張れ」

「うっ、はい！」

連れて行きたいくらいだけれど、ぐっと堪える。続いて、アメリアにも声をかけていた。

「アメリア、無理したらダメだよ」

『クエエ～』

アメリアが姿勢を低くすると、シャルロットは嘴を優しく撫でていた。

シャルロットはザラさん、ガルさんとも抱擁し、スラちゃんとは瓶越しに指と指を合わせていた。

続いてリーゼロッテの頭を撫で、ウルガスには飴をあげていた。

完全に子ども扱いである。

「アンナおねーさん、サンゾク、帰って来たら、お茶会しようね」

ベルリー副隊長は優しげな笑みを浮かべ、シャルロットの頭を撫でる。ルードティンク隊長は、サンゾク呼びを静かに受け入れていた。

毎回、ここで笑いそうになるけれど、腹筋に力を入れて我慢する。

「よし、行くぞ！」

「いってらっしゃ～い」

元気いっぱいなシャルロットに見送られながら、私達は遠征に出かけた。

＊

ワストーン子爵領までの道のりは、驚くほど平和だった。馬車移動の時は毎回の如く魔物と遭遇するけれど、今回は一度も遭うことなく辿り着いた。

一日半かかると聞いていたけれど、たった一日で到着した。ベルリー副隊長曰く――。

「大人数での移動は時間がかかるからな」

「そうなんですね」

一時期、教育係を務めていたベルリー副隊長は、新人騎士の引率は大変だったと語る。

そんな話をしているうちに、景色は森から街のものとなった。

ワストーン子爵領は緑豊かで、周囲は一面麦畑という豊かな土地のようだ。青空に植えたばかりの麦の若芽が映える。

しかし、一ヵ所だけどんよりと曇っている場所がある。そこが、デーデ草原がある所だろう。

現場に向かう前に、ワストーン子爵に話を聞くことにした。

「おい、リスリス。外套の頭巾は被っておけよ。街中では、外すな」

「で、ですね」

デーデ草原の豪雨は、エルフの天候魔法が原因とされている。そのため、エルフを見たら、非難の視線や石を投げられる可能性があるのだろう。

「まあ、美人のエルフと言われているので、大丈夫だと思いますが」

「え、リスリス衛生兵は、普通に美人だと思いますが？」

ウルガスの発言に、リーゼロッテが同意する。

「そうよ、メル。気を付けておいたほうがいいわ」

え、そうなの？　そうだったんだ。なんて……信じた自分が馬鹿だった。

「あ、エルフだ！」

ワストーン子爵領の街に入った途端、子どもが指差して叫んだのでぎょっとした。

バレるの早くないと思ったが、よくよく見たら子どもが見ていたのはザラさんだった。

すぐに母親らしき女性が口を塞ぎ、「あの人の耳はエルフみたいに尖ってないでしょう」と諭していた。そして、すぐさまザラさんに謝る。

「すみません。この子、最近エルフの本にハマっていて……」

「いいえ、お気になさらず」

そう。ザラさんの美貌はエルフ並みなのだ。見間違えるのも無理はない。しかし、ウルガスやリーゼロッテの発言を信用し、用心してしまった自分が恥ずかしくなった。

そんな出来事は措いておいて。

ワストーン子爵の豪邸にお邪魔し、デーデ草原についての話を聞く。

「いやはや、困っていましてね」

やってきたワストーン子爵は三十代後半くらいの、人のよさそうなおじさんだった。

「デーデ草原は、騎士隊エノクの演習地として貸し出している他に、キノコ食べ放題の収穫ツアーなる企画もしていまして……」

秋になると、騎士隊の新人集中教育期間は粗方終わる。その間に、収入を得ようと始めたのがデーデ草原のキノコを売りにした観光だったらしい。

「マツキノコと言いましてね、香り高く、非常においしいキノコが採れるのですが」

ちなみに、マツキノコは採ったその日に調理しないと、香りが飛んでしまうらしい。そのため、ワストーン子爵領でのみ食べられる、絶品グルメとして評判だったのだとか。

「年々、観光客が増えて領土も賑わっていましたが、この雨で、秋の収穫は絶望的だと……。それはいいんです。いいことにしておきます。問題は、雨が止《や》まないことなんですよ」

ワストーン子爵は膝にあった拳をぎゅっと握り、無念だとばかりに肩を落とす。

「まだ、被害が草原だけなのでことは大きくなっていませんが、もしも、雨が街に及ぶようになったら……」

作物はすべてダメになり、経済的にも大打撃を受けてしまう。観光事業でさえ、破綻しかけているのに、農業にまで影響がでたら大変な事態になることは目に見えていた。

「連日、さまざまな魔法の権威に来ていただきましたが、匙を投げられてしまい……。あの、デーデ草原でエルフの女性を見かけたという話は、ご存じですか？」

「ああ。一応、うちにも報告が届いている」

「そのエルフなのですが、私も以前、見かけたことがあって……」

豪雨が降る以前にも、ワストーン子爵はエルフをデーデ草原で見かけていたらしい。

「その日は霧が深くて、自分がどこにいるのかもわからない状態でした。しかし――」

エルフは無言のまま一点を指し、その場を去って行ったらしい。

「エルフが指したほうに行くと、街に戻れたんです」

魔法研究局の人は豪雨の原因はエルフの天候魔法だと言っていたが、ワストーン子爵はそんなことをする悪い人には見えなかったと主張する。

「他にも、きっと原因があるはずです」

「それを調べるために、俺達はやって来ました。専門家が匙を投げた案件なので、必ず解決するとは言いませんが、可能な限り尽力します」

ルードティンク隊長が、珍しく真面目な様子で騎士らしいことを言っていた。隣にいたウルガスが、小さな声で「今日のルードティンク隊長、カッコイイ……」と呟く。リーゼロッテはうんうんと頷き、同意を示していた。

出発間際、ワストーン子爵は革袋に入った何かを差し出してくる。

「騎士様、よろしかったら、どうぞ」

「これは？」

「干しマツキノコです。湯の中に入れたら、スープのような濃い出汁がでておいしいのですよ」

名産品だったが、今は市場に出せるほど数がないので、余った在庫をくれたようだ。

「これを飲んだら、不思議と力が湧くんです。休憩時間にでも、どうぞ」

デーデ草原の地図を、ワストーン子爵はルードティンク隊長に手渡しながら話す。

「デーデ草原には、何ヵ所か洞窟がありまして、休憩されるならそこがおすすめです」

草原の地図化だなんて、珍しい。さすが、観光地になっているだけある。

「ここの、奥のほうに大樹があるのですが、周辺は雷が頻繁に落ちているようで、近づかないほうがいいかもしれません」

「承知した」

到着は夕方の予定で明日から任務を開始する予定だったが、まだ明るいので早速現地に向かうことにした。

アメリアはワストーン子爵家で預かってもらう。五歳くらいの息子がいるようで、遠くからキラキラした瞳を向けていた。絵本を胸に抱き、そわそわと落ち着かない様子でアメリアを眺めている。

理由は聞かずともわかる。鷹獅子《グリフォン》もまた、エルフのように絵本の中の住人なのだ。

「鷹獅子《グリフォン》には、近づけさせないようにしておきますので」

『クエ、クエクエ』

アメリアは「別に、近寄って来ても構わないけれど」と言う。それを伝えると、男の子は駆け寄ってきた。

手に持っていた鷹獅子《グリフォン》の絵本を、アメリアに見せている。何やら一生懸命話しかける男の子相手に、うんうんと頷いて話を聞いていた。まさか、アメリアは聞き上手でもあったとは。最強すぎる。

と、親馬鹿はこれくらいにしておいた。

「ではアメリア、行ってきますね」

『クエ〜』

アメリアは「いってらっしゃ〜い」とあっさり見送る。ちょっと前までは、「一緒じゃなきゃヤダ！」なんて言って聞かなかったのに。アメリアも大人になっているのだろう。

「どうか、お気を付けて」

「気遣いに、感謝します」

ワストーン子爵に背を向け、ずんずんと進み行くルードティンク隊長の代わりに会釈をして、私もあとに続く。

デーデ草原まで、徒歩で向かう。三十分ほどで到着するらしい。馬を雨ざらしにするわけにはいかないので、歩いていける距離で良かった。

ワストーン子爵領はカラッと晴れていたが、デーデ草原に近づくうちに湿度が上がって蒸し蒸ししてきた。

そろそろ雨が降る一帯に差しかかりそうだと思い、頭巾を深くかぶった。何があるかわからないので、手には魔棒グラを握りしめておく。

魔棒グラの能力については、いまだ不明な点ばかりだ。空腹を引き金に力を発揮するけれど、普通に生活していたらなかなか限界までお腹を空かせるということはない。

一度、能力について気になったので食事を抜いてみたのだが、魔棒グラは発動されることはなかった。

おそらく、自主的に作った空腹状態では使えないようになっているのだろう。逆に、謎が深まった。

わかっていることといえば、選べる食材は魔棒グラを使って倒したものに限るということ。これは、私がしなければいけないようだ。

ザラさんが獲った魚なども魔棒グラで触れることはあったが、選択肢に加わることはなかった。

そんなわけで、依然として良くわからない武器というままだった。

明るかった空はしだいに雲に覆われ、ポツポツと雨が降り始める。一歩、一歩と進んでいくうちに、雨の勢いは強くなっていった。

デーデ草原とは名ばかりで、至る場所に池のようなものができている。地面はぬかるんでいて、歩けない。草原にいるはずもない蛙の姿を確認すると、ここが草原ではない別の場所になりつつあることを目の当たりにする。報告にあった通り、湿地帯のようになっていた。この雨が、ザアザアという雨音からドドドドという豪雨になるまでさほど時間はかからず。

「って、これ、すごすぎます！」

「リスリス、何か言ったか？」

「何でもありません！」

この雨は、控えめに言ってもヤバい。隣にいるウルガスの声が聞こえないほどだ。ルードティンク隊長はさすがと言うべきか。よく通る声をお持ちだった。

こんな雨の勢いは、初めてだ。豪雨という言葉を遥かに通り越している。雨の一粒一粒が、金槌で釘を打っているような力強さである。ただの水滴なのに、当たったら痛い。

雨具は水を弾いてくれるけれど、雨の勢いは防げないようだ。顔はびしょ濡れで、瞬きするのも大変。

最初は蒸し蒸ししていて暑かったが、雨に打たれ続けているとすっかり体は冷え切ってしまう。さきほどから、肩の震えが収まらない。

洞窟を発見したルードティンク隊長は、すぐさま休憩の指示を出した。デーデ草原に入って三十分しか経っていないが、私達には休憩が必要だったのだ。

どうやら、ここは人工的に作られた洞窟らしい。狩人が休憩などに使っていたようだ。

みんな、外套を脱いで座り込む。内部は薄暗いので、リーゼロッテが魔法で光球を作り出し、火も熾こしてくれる。

「酷い目に遭った……」

ウルガスは地面に手と膝を突き、絶望したように呟いていた。その気持ち、良くわかる。

「こんな勢いの雨、私も初めてですよ」

「リスリス衛生兵の育った森でも、こんな豪雨は降らないのですね」

「ええ」

こんな勢いの雨が降り続けていたら、生態系が変わってしまうのも無理はない。それにしても、ちょっと歩いただけなのに、酷く疲れてしまった。

「あ、そうだ。マツキノコのやつ、試してみましょうよ！」

ワストーン子爵家オススメの、マツキノコ湯を作ってみることにした。とは言っても、作るというほどの工程はない。乾燥させたマッキノコを入れたカップに、沸かした湯を注ぐだけだ。

マッキノコ湯に合う食べ物は何なのか。ビスケットにチーズ、干し肉といろいろ並べてみる。

「みなさん、準備ができました。どうぞ」

各々、マッキノコ湯を手に取って、指先を温める。

「いいですね、温かいものは。俺達、リスリス衛生兵が来るまで、湯を沸かして何か飲むということを、していなかったんですよ」

「えっ、何でですか?」

「そこまで気が回らなかった、というわけですか?」

「そうだな。魔物を警戒していた意味合いもあったが……」

ベルリー副隊長が、切なげに語り出す。

「今までの私達は、余裕がなかったのかもしれない。それまでの遠征は、皆、気を張っていたように思える。もちろん、任務中は常に力を入れるべきだが」

「ずっと力を入れていると、疲れるんですよね。そんなことでさえ、俺達は気づいていなかったのですよ」

「リスリス衛生兵には、感謝をしている」

「いえ、私は何もしていないですよ」

「しかし、リスリス衛生兵から、気を抜くべき習慣を学んだ」

「まさか、兵糧食を調理しだすとは、想像もしませんでした。あの時食べたスープは、本当においしかったです」

ガルさんもこくこくと頷いている。

「そう、だったのですね」

知らないうちに、影響を与えていたなんて。

お礼を言われて、照れ臭いやら、嬉しいやら。

「遠征って、出先で一日中任務に就くので、力を抜かないとすごく疲れてしまうんだな〜って」

「それは、そうですね。気を張るというのは、体力もいりますから」

ウルガスは「休憩、大事です」と言いながら、マツキノコ湯を飲む。

「うわっ、これおいしいですよ！」

いったい、どのような味わいなのか。続けて、私も飲んでみた。

「本当です！　なんだか、上品なスープを飲んでいるようで」

この味わいは、アレだ。丹精込め、何日と時間をかけて作ったスープに近い味わいがある。深い、とても深い。これが、マツキノコ湯。今まで食べたキノコの中で、一番おいしい認定をしてしまう。

「新鮮なマツキノコには、この味わいに加えて良い香りがあると言っていましたね」

採れたてのマツキノコは、いったいどのような味わいになるのか。一番おいしい食べ方は、炙って柑橘をきゅっと搾る。これがまた、悶絶《もんぜつ》するほど美味なんだとか。ワストーン子爵が熱弁する様子を見ていたら、気になって仕方がなかった。

ウルガスは頬を染め、満足そうにしていた。冷え切っていた体も温まったようで、ホッとする。

「これでスープを作ったら、絶品でしょうね」

「いいですねえ」

「お昼は、マツキノコのスープにしましょう」

具に、生のマツキノコもあったら良かったんだけれど。

しかし、そのマツキノコも、この雨でダメになっているだろう。今年は無理でも、雨を止めたら次の年には収穫できるようになるかもしれない。この状態から、もとの草原に戻るかはわからないけれど。

「それにしても、これが人工的に降らせた雨とは、信じがたいですね」

一見して、自然の猛威みたいな感じに思える。

「リーゼロッテ、天候魔法について、何かご存じですか？」

「少しだけ」

天候魔法とはごく一部の魔法使いだけが使える、高位魔法らしい。現代では禁術扱いとなっているようだ。

「初めは、日照りが続いた農村に、雨を降らせるために作られた魔法らしいの」

大量の魔力を必要とし、魔法使い自身の技量もなくてはならない。失敗し土砂降り状態となって、農作物の芽をダメにしてしまったということも珍しくなかったのだとか。

「一回、数時間雨を降らせるだけでも大変なのよ。体中の魔力を消費して、帰らぬ人となってしまうことも、あったとか」

「ええっ……」

「魔導戦争時代は、兵士達の進撃を阻む術としても使われていたの」

「確かに、この雨は足止めになります」

それだけの大魔法を、何日も発動し続けるなんて、ありえないのでは？　その疑問に、リーゼロッテも頷いた。

「人には、絶対無理な芸当ね。でも、エルフだったら、可能かもしれないわ」

そう。だから、私達はエルフに会って、話を聞かなければならない。

外の様子を窺っていたルードティンク隊長が、ポツリと呟く。

「雨足も弱くなってきたか」

「みたいですね」

ルードティンク隊長は防水クリームを取り出し、武器や手袋に塗るよう指示を出した。

「あの雨の中だと、手が滑るだろう」

みんな、せっせと防水クリームを塗る。

手先が器用なガルさんはすぐに防水クリームを塗り終え、苦戦しているリーゼロッテを手伝っていた。スラちゃんもせっせと手伝っている。

「あの、リスリス衛生兵。これ、顔にも塗ったほうが良くないですか？」

「顔……」

確かに、さっきは顔もびしょ濡れになって気持ち悪かった。しかし、直接肌に塗るのは、抵抗がある。

「ウルガスの言う通りだな。塗っておけ」

ルードティンク隊長は気にせずに、防水クリームを顔に塗る。肌荒れとか、大丈夫なのか。ザラさんも、顔が引きつっている。

「おい、ザラも塗れ」

「遠慮しておくわ。私は、自分で作ったクリームしか塗らないから」

「つべこべ言わずに塗りやがれ」

「ちょ、ちょっと何をするのよ！」

ザラさんは無理矢理ルードティンク隊長に防水クリームを塗られていた。

「アートさん、何か、すみません」

「大丈夫よ。悪いのは、勝手に塗るクロウだから」

ザラさんを気の毒に思ったからか、ベルリー副隊長も防水クリームを塗り出した。

「アンナ、止めておいたほうがいいわ。肌が荒れるかもしれないし」

「戦闘中は濡れた顔を拭う暇はない。塗っておいて、損はないだろう」

何という男前な回答をしてくれるのか。確かに、ベルリー副隊長の言う通りだ。私も顔に防水クリームを塗った。

ガルさんの顔は、スラちゃんが塗っているようだ。複数の手を作り出し、毛の一本一本に丁寧に塗り込んでいる。スラちゃんだからできる芸当だ。

リーゼロッテも、ザラさん同様イヤそうに塗っていた。

「防水効果はすごいけれど、これってどうやって落とすのかしら？」

リーゼロッテの呟きに、みんなハッとなる。

「ルードティンク隊長、説明書に何か書いてありました？」

質問したのに、さっと顔を逸らす。

「ヤダ。もしかして、わからないの？」

ザラさんの問いにも、答えない。

「顔が洗えないってことじゃない。ねえ、説明書、見せて！」

「……」

ルードティンク隊長はザラさんに肩を揺さぶられるも、明後日の方向を向いている。もしかしなくても、説明書は置いてきてしまったのだろう。

「最悪だわ！」

本当に。誰もが、胸の内で思っていた。


雨の勢いが落ち着いた今のうちに、エルフ探しを再開させる。

ザーザーと降る雨は、大雨と言っても過言ではない。しかし、先ほどよりも勢いは弱くなっている。

相変わらず視界は悪く霧も深いけれど、さっきよりはマシだ。

顔に塗った防水クリームも、効果を最大発揮している。顔が濡れないということは、不快感も取り除いてくれるようだ。雨の中の探索も、幾分《いくぶん》か楽になる。

「うわぁ、リスリス衛生兵、大きな蛙がいます」

「あれは、川蛙《フロッグ》ですね」

「以前食べた、大きな山蛙《フロッシュ》とは違う個体なんですね」

「ええ」

山蛙《フロッシュ》は森や山に通る川にのみ生息し、川蛙《フロッグ》は平原を通る川にのみ生息する。

「見た目はほぼ変わらないのですが。川蛙《フロッグ》には毒があります。注意が必要です」

「ど、毒、ですか」

「はい。口に含んだ瞬間、舌が麻痺するのですよ」

「ひえええ……」

同じ蛙でも、住んでいる場所によって生態系が異なる。見た目が近いからと言って、安易に食べてはいけない。

「キノコ狩りも、そうなんですよね」

素人目には、キノコの判別はつきにくい。そのため、うっかり毒キノコを食べてしまい、三日三晩苦しむという事件もたまに起きる。

「恐ろしいですね。リスリス衛生兵が来てから、何かおいしそうな食材がないかな～っと、探す癖がついてしまったのですが」

「ウルガス、自然界にある、良く知っている食材に似た物は、手を出さないことが賢明ですよ」

「ですね。三日三晩、苦しみたくないので……と、あれは？」

「何ですか？」

「あれです、あれ」

「ああ……」

水たまりに、赤い何かが浮かんでいた。あれは、自然界にある赤ではないだろう。ウルガスはさすが弓兵と言うべきか。視力は第二部隊の中で一番優れている。すぐさま、報告していた。

「ルードティンク隊長、あそこに何か赤いものがあるのですが」

「ガル、見に行ってこい」

俊足の持ち主でもあるガルさんは水たまりまで向かい、赤い何かを回収して戻ってくる。

「何だ、これは？」

「菓子の包みではないか？」

ベルリー副隊長がそう答えると、ウルガスは申し訳なさそうに頭を下げる。

「しょうもない物で、すみませんでした」

「いや、良く気づいてくれた」

「へ？」

ルードティンク隊長は労うようにウルガスの肩を叩く。力が強すぎて滑りそうになっていたが、ガルさんがウルガスの体を支えてくれた。

「ガルさん、ありがとうございます。えっと……それで、どういうことなんですか？」

「これは、騎士隊の購買部でのみ売っている菓子だ。ベルリー、新人教育は、私物の持ち込み禁止だよな」

「そのはず……」

「だったら、新人が規則を無視して、勝手に持ち込んだ可能性がある」

証拠品のお菓子の袋は報告書と共に提出するようで、革袋の中に納められていた。

「お菓子が禁止とは、演習って厳しいんですね。遠足ではないので、当たり前ですが」

そんな私の感想に対し、ベルリー副隊長が説明をしてくれた。

「騎士の任務は、辛く忍耐が必要になる。演習では、任務中に経験するようなありとあらゆる極限の状態を体験してもらわなければならない。だから、自由を禁じ、食べ物は必要最低限としている」

「な、なるほど」

しかし、その決まりを破った挙句、ゴミを草原に捨てている輩《やから》がいたようだ。

「今の教官がどこのどいつか知らんが、報告させてもらおう」

ルードティンク隊長は、この日一番の山賊顔で言っていた。

その後も、悲しいことにいくつかのゴミを発見してしまった。お菓子の袋だけではなく、兵糧食を包んでいた紙や、酒の瓶、いかがわしい雑誌など、頭が痛くなるような物が度々発見される。

そのほとんどを見つけたのは、ウルガスだった。騎士隊の捜索犬の如く、目を光らせていた。

ガルさんが回収に行っている間、近くにあった水たまりであるものを発見した。

「あっ、あれは！」

急いで、水たまりの中に魔棒グラを突っ込む。

「よし！」

手ごたえがあったので、魔棒グラを引き抜いた。ザバッと水しぶきを上げながら出てきたのは――蟹。

「リスリス、何だそりゃ」

「沢蟹《ルクラブ》です！」

大きなハサミで魔棒グラを挟んでいるのは、沢蟹《ルクラブ》である。私の頭部よりも大きく、ずっしりと重い。大きなハサミが特徴で、身もおいしい。

沢蟹《ルクラブ》はザラさんが広げてくれた革袋の中に入れる。ジタバタと暴れているが、そのうち力尽きるだろう。

魔棒グラを離さないので、そのまま肩に担いで運ぶことにした。結構重たいけれど、持ち歩けないほどではない。

「リスリス、お前、何だか、愚者のカードの絵みたいだな」

ルードティンク隊長はボソリとそんなことを言う。確かに、占術カードにある、愚者の様子に似ているかもしれない。それに、任務中に沢蟹《ルクラブ》を捕まえ、持ち歩くというのは愚かな行いだ。まさに、私に相応しい姿なのだろう。しかしまあ、気にしたら負けなので聞かなかったことにする。

「しかしこの沢蟹《ルクラブ》、市場で見かける物の倍以上の大きさまで育っています」

「天敵に遭わなかったんだろうな」

「ですね」

二ヵ所目の洞窟を発見したので、昼休憩とする。先ほど捕獲した沢蟹《ルクラブ》とマツキノコを使って料理を作ることにした。

ウルガスとリーゼロッテに、かまど作りをお願いする。

二人に任せている間、私は調理に取りかかる。まずは、沢蟹《ルクラブ》の泥抜きをしなければならないが、使える水の量は限られていた。

「う～～ん……」

雨水を溜めるか。塩で揉み込んで、誤魔化すか。迷っていたら、近くでドコドコという音が聞こえた。

「スラちゃん、ですか？」

ドコドコ音の正体は、スラちゃんが瓶の蓋を叩いていた音だった。

ガルさんに断りを入れてから、スラちゃんを調理場に瓶ごと持ち運ぶ。

「何でしょう？」

スラちゃんは、身振り手振りで何かを伝えようとしている。手の上に沢蟹《ルクラブ》に似た物を作り出し、パクンと食べている。

「え〜っと、スラちゃんも、沢蟹《ルクラブ》を食べたいということですか？」

スラちゃんはすかさず、頭上でバツを作った。沢蟹《ルクラブ》を食べたいわけではないようだ。続けて、口からぴゅっと何かを吐く仕草を取り、沢蟹《ルクラブ》を口から取り出した。

「蟹を飲んで、何かを出す……？　あ、わかりました！」

スラちゃんは、泥抜きをしてくれると言っているのか。尋ねると、スラちゃんは頭上でマルを作っていた。

食材の泥抜きができるとは。スラちゃん、優秀すぎる。ガルさんにスラちゃんの手を借りていいか確認したら問題ないと言うので、お手伝いを頼んだ。

スラちゃんは水を飲むと、倍以上に膨らんだ。そして、沢蟹《ルクラブ》をパクンと飲み込む。沢蟹《ルクラブ》はまだ生きているので、スラちゃんの口の中でうごうごと動いているようだ。大きなハサミを突き出したようで、スラちゃんの頬がハサミの形になる。

「だ、大丈夫ですか？」

スラちゃんはその場でぴょんと跳び、地面にぶつかる衝撃で沢蟹《ルクラブ》を大人しくさせていた。その後、もぐもぐと口を動かし、ぴゅっと黒い液体を吐き出す。

「あ、これは泥ですね！」

続けて、沢蟹《ルクラブ》も吐き出した。泥抜きするのと同時に、沢蟹《ルクラブ》を絞めてくれたみたい。非常に助かる。

「わあ、スラちゃん、ありがとうございます」

スラちゃんは腰（？）に手を当て、どうだとばかりに胸を張っていた。膨らんだ体も、元の大きさに戻る。あのままだったらどうしようと思っていたので、ひと安心。

調理を再開させる。

まず、沢蟹《ルクラブ》をぶつ切りにして、殻ごと鍋で煮込んだ。これだけでもおいしそうだが、さらにおいしくするために乾燥マツキノコを入れて沸騰させる。

ぶくぶく出てくる灰汁を丁寧に掬った。塩コショウで軽く味付けしたら、『沢蟹《ルクラブ》とマツキノコのスープ』の完成だ。

器の中には、殻付きの沢蟹《ルクラブ》がドーンと入っている。見た目はアレだけれど、味はおいしいはず。

「みなさん、昼食の準備ができましたよ」

パンとチーズを添えて、いただきます。

「沢蟹《ルクラブ》は、ナイフで割って、身をかき出して食べてください」

沢蟹《ルクラブ》はただの出汁要員ではない。身がおいしいのだ。ちょっと面倒かもしれないけれど、強く勧めた。

　さっそく、ウルガスが食べる。

「うわっ、本当ですね。この蟹、うまいです！」

　ウルガスは沢蟹《ルクラブ》が気に入ったようだ。ナイフを滑らせ、ちまちまと身をほじっている。

　私も身を食べ、スープを飲む。

「この沢蟹《ルクラブ》の身……。ぷりっぷりしていて、味が濃い。スープも、なんでしょう、これ。俺には、言葉にできないです」

「本当、驚いたわ。このスープ、品があっておいしい。味は濃いのに、クドくなくって、あっさりしているの。高級店で出しているスープでも、これに至っているものがあるかどうか」

　お嬢様育ちのリーゼロッテにそう言ってもらえると、嬉しいものだ。まあ、素材の味の勝利なんだけれど。

　ニヤニヤしていたら、ルードティンク隊長に絡まれる。

「リスリス、前から思っていたんだが、騎士をするより、食堂開いたほうがいいんじゃないのか？」

「王都の人達が、エルフを受け入れてくれたらいいのですけれど」

「そうだったな」

ここで、思いだす。私達はゴミ拾いに来たわけでもなく、沢蟹《ルクラブ》やマツキノコのスープを飲むためでもなく、デーデ草原に雨を降らせているであろうエルフを探しにきたのだ。

「見つかりますかね」

「どうだか」

ここで、ベルリー副隊長の手が止まっていることに気づく。

「ベルリー副隊長、お口に合いませんでしたか？」

「あ、いや……スープは、おいしい。ただ、少し、考え事をしていたから。すまない。上の空状態で食事を取るなど、失礼だった」

「いえ、そういう日も、ありますよ」

ベルリー副隊長は、今回の件について複雑な思いを抱いているのかもしれない。いつも凛としている背中は、少しだけ丸くなっていた。

「記憶の中にある美しい場所が朽ちていたら、悲しいですよね」

「そう、だな」

それに加え、騎士達のだらしない演習も露見してしまった。これでは、騎士隊エノクの将来も不安になってしまう。

「私が見習い騎士だったころ、ここに来るのが本当に苦痛で」

想像を絶するほどの、厳しい訓練だったらしい。

「毎日、どうして、こんなに厳しいことをするんだと、不満に思っていた。何度か、逃げようとも考えた。幸い、辛いのは私だけでなく、仲間もいた。励まし合って、なんとか耐えた。当時の訓練は、言葉にできないくらい過酷なものだった……ように思える」

演習では、男女なんて関係ない。同じように訓練をこなし、同じようにおいしくない兵糧食を食べていたようだ。

演習では、次々と脱落者がでる。騎士隊はその者を引き留めず、自由に辞めさせていたらしい。

「なぜ引き留めないのか。その疑問は正騎士となって、任務へ赴くようになって氷解した」

どの任務も命を懸けて魔物と戦い、ひと時の油断も許されないようなもので――その辛さは、演習で受けた訓練を耐えきれたから乗り越えることができたようだ。

「デーデ草原での演習は、心身共に強くなるための、最初の試練でもあるのだ。それを、不真面目に受けるなど、言語道断だ」

騎士の命を安易に散らせないためにも、ここでの演習は重要なものとなる。

演習を行うのに適した地が他にもあるのではないかと思ったが、そうもいかないようだ。

「ここは集団移動を可能とする、ほどよく離れた場所で、冬から秋にかけて気温差が激しいが死ぬほどではないということに加え、近くに街があるという最適な土地なのだ」

「なるほど」

デーデ草原は新人騎士を育てるのに適した、最高の演習地だったようだ。

「それにしても、私はなぜ演習送りにされなかったのでしょうか？」

「演習をする者の多くは、貴族や女性だな。生易しい環境の中で生きてきた騎士志望を篩《ふる》い落とすのだ」

「ええっ……」

「半端な気持ちで入った場合、任務先で死んでしまうからな」

「死ぬ前に、演習に送って諦めさせる目的もあると」

「そうだ。逆に、この演習を乗り越えられた者は即戦力となる」

私は森育ちのフォレ・エルフということで、演習は免除されたらしい。

「すぐに任務に参加できそうな者を、面接官は見抜くようだ」

「ええ、そんな」

「実際、リスリス衛生兵は、任務に付いて来ている。面接官の目は確かだったのだ」

ちなみに、リーゼロッテは最初に行った任務が、演習代わりの洗礼だったとか。彼女はあの時の遠征を乗り越えたからこそ、今もここにいる。

「リーゼロッテ、本当に偉いです！」

「えっ、メル、いきなり何……？」

貴族令嬢なのに志高く騎士の仕事を頑張るリーゼロッテが、いじらしくて堪らなくなってしまったのだ。ぎゅっと抱きしめていたら、私の尖った耳が頬に刺さって痛いと怒られてしまった。

「お前ら、何をしているんだ。もうそろそろ出るぞ！」

「は～い」

余ったスープは、水筒に入れておく。あとで、乾麺を入れて食べるのだ。出汁が出ていて、おいしいはず。

「リスリス、ちんたらしてないで、行くぞ！」

「了解です！」

豪雨の中での任務が再開された。

突き刺さるような攻撃的な雨に、足下を奪いかねない地面の泥濘《ぬかるみ》、視界を眩ます霧と、相変わらず酷い環境だ。それに加えて、雷もゴロゴロ鳴りだす。

「ルードティンク隊長、雷被害があるという大樹に近づいているのでは？」

「ああ」

「ん？」

「近づいているぞ」

「な、何でですか?」

「エルフの潜伏先として怪しいのは、ここしかないだろう。安心しろ、雷を防ぐ結界を、先ほどリヒテンベルガーに作ってもらった」

雷については対策済みだと。しかし、大丈夫だとわかっていても、危険な地域に足を踏み入れることは恐ろしい。

そんなことを考えていたら、突然ピカッと光る。

「ぎゃああ!」

咄嗟に、近くにいたベルリー副隊長に抱き着いてしまった。そのあとすぐに、ドン! と雷が落ちる。

「ひええぇ!」

「リスリス衛生兵、大丈夫だ」

「ううっ、すみません」

「気にするな。エルフは、私達人間より、器官が優れていると聞く。光や音も、強く感じてしまうのだろう」

その通りだ。ガルさんも、さっきの落雷は辛かったはず。そう思って見たら、平然としていた。

「あの、ガルさん、何か対策をしていたのですか?」

ガルさんは耳元を指差す。なんと、耳の穴にスラちゃんが入っているではないか。

「スラちゃんには、防音効果もあるんですね！」

何という万能スライムなのか。すごすぎる。

優しいガルさんは、手のひらに乗せたスラちゃんをそっと私に差し出す。大袈裟に怖がっていたので、気の毒に思ったのだろう。しかし、気持ちだけもらっておく。

……ごめんね、スラちゃん。エルフの耳、超敏感だから。

大樹に近づくにつれて、雷の頻度も高くなる。リーゼロッテの結界のおかげで、直撃することはない。けれど、落下時の大音量で鼓膜《こまく》が破れていないか心配になった。

だんだんと大樹が見えてくるが、またピカッと光った。耳を閉ざそうかと手を上げた瞬間に、ルードティンク隊長が叫ぶ。

「総員、戦闘準備!!」

「へ!?」

霧に紛れて、魔物が接近していたようだ。

「あ、あれは……？」

「水蛇《アクア・サーペント》です」

ウルガスが答えてくれる。水蛇《アクア・サーペント》とは標高の高い山にある川に生息する魔物らしい。

それがなぜ、デーデ草原にいるのか。

そんなことを考えるよりも、戦闘に集中しなければ。

水蛇《アクア・サーペント》の鱗《うろこ》は水色で、全長は五メトルほど。鋭い牙を鳴らしながら地面を這っている。

だが、接近しているのは水蛇《アクア・サーペント》だけではない。追われている者がいた。

白髪に長い耳、魔法使いの全身外套を纏った美女を、水蛇《アクア・サーペント》が追いかけていたのだ。

「ウルガス、エルフですね！」

「エルフです、エルフです！」

エルフ美女は足を滑らせ、転倒する。水蛇《アクア・サーペント》はそんなエルフ美女を呑み込もうと、大きく口を広げた。

しかし、水蛇《アクア・サーペント》はエルフ美女を呑み込まなかった。

なぜかと言ったら、ベルリー副隊長が魔双剣アワリティアで首筋を斬りつけたから。

水蛇《アクア・サーペント》は青い血をぶわっと噴き出す。

続けて、ルードティンク隊長が頭部をかち割るような一撃を食らわせる。

「死ね!!」

物騒な言葉を叫びながらの一撃は、効果抜群だ。水蛇《アクア・サーペント》は平衡感覚を失ったように、フラフラの状態となる。

ウルガスが目を射貫《いぬ》き、ガルさんが脳天を突いて地面に串刺しにした。

仕上げはザラさんが、戦斧で首を刎ねる。瞬く間に、水蛇《アクア・サーペント》は絶命した。

霧の中からの急接近は驚いたけれど、第二部隊の敵ではなかったようだ。

「大丈夫か？」

ベルリー副隊長が、エルフ美女に手を差し伸べる。どういう反応を取るか、ドキドキした。何せ、相手はエルフだ。

手を撥ねのけるのではないかと心配したが、エルフ美女はベルリー副隊長の手を取って立ち上がった――が、足を挫いていたのか、ふらついた。

「おっと！」

エルフ美女の体を、ベルリー副隊長が支える。

「あそこに洞窟がある。そこで休むぞ」

もう片方を支えようと、ルードティンク隊長がエルフ美女に手を差し伸べた。

「わ、私に、触れるでない！　この、山賊風情が！」

「……」

どうやら、我々は山賊の一味だと思われていたようだ。

ルードティンク隊長の眉間に皺が寄る。ますます、山賊っぽく見えてしまった。どうしてこうなった。

洞窟に入ると、ベルリー副隊長はエルフ美女をゆっくりと座らせていた。一方で、ルードティンク隊長はすぐさま外套を脱いで騎士の証の腕輪を見せる。

「我々は騎士隊エノクの遠征部隊だ。山賊ではない」

「は？」

「山賊ではない」

大切なことなので、山賊ではないと強調して二回言ったようだ。

「この異常気象を受けて、調査をしにきた」

エルフの美女はハッと目を見開き、そして、お腹をぐうっと鳴らしていた。

し〜〜んと、静まり返る。

「おい、ベルリー、何か体を拭くものと、食事を分けてやれ。リヒテンベルガーは火を焚け。リスリスは足を診てやれ」

ルードティンク隊長は事情を聞くより、エルフの美女の状態をどうにかするほうを優先したようだ。

足も挫いているようだし、逃げることもしないだろう。

エルフ美女は男性に対し警戒心を剥き出しにしていたが、女性に対しては接触を許していた。今も、ベルリー副隊長が体を拭くのを、受け入れている。

私も、外套の頭巾を脱いで、会釈した。

「ど、どうも」

「お主、エルフだったのか」

「はい」

「……フォレ・エルフ、か？」

「い、一応」

見た目でわかるとは。私はこの人がどのエルフ族かまったくわからない。

「あの、お姉さんは？」

「私は、ハイ・エルフだ」

「そうだったのですね。私は、メル・リスリスと申します」

「エリザ・ルーンだ」

手を差し出してきたので、握り返す。案外友好的だったので、ホッとした。

「すみません、足を診たいのですが……。とは言っても、回復魔法は使えなくて」

「よい。許す」

「ありがとうございます」

早速、足の怪我の状態を確認する。編み上げブーツを脱がし、患部を確認。足首は腫れていた。内出血はしていないようなので、そこまで酷い状態ではない。

「これは……軽い捻挫《ねんざ》ですね」

まずは冷却しなければならない。手巾《ハンカチ》を濡らし、患部に当てる。これを何度か繰り返したら、腫れも引くだろう。

それを待つ間、お腹が空いているらしいエルザさんのために料理を作ることにした。

とは言っても、先ほど余ったスープに、乾麺を入れるだけの簡単料理だ。

すぐに完成した。

「あの、よろしかったら、これを」

蟹やキノコは禁忌の食材ではないか確認すると、エリザさんはこくんと頷いた。匙で掬えるように、麺は細かく砕いてから入れた。きっと、食べやすいはず。

恐る恐るといった感じで、スープを口に運んでいた。

私だけが聞き取れるような小さな声で、「むっ、うまい」と言っていた。お口に合ったようで、何よりである。どんどんパクパク食べてくれたので、安堵した。

その後、冷やした患部を包帯で固定する。

「どうですか？」

「ふむ。だいぶ、痛みは薄らいだ」

「しばらく、安静にしていてくださいね」

「この状態で、安静になどできるか」

吐き捨てるような言葉を聞いて、確信した。この雨を降らせているのは、エリザさんではないと。

何となく、ひと目見た時から、悪い人ではないと思っていた。他の人もそうだったのだろう。だから、すぐに事情を聞かずに治療と食事を優先させた。

「エリザさん、この雨の原因は？」

「草原の大精霊たる大樹の怒りだ」

どうやら、大樹を怒らせるようなことを、人がしでかしてしまったらしい。

「私は説得したが、聞く耳を持たん。長年、この美しい草原を見守っていたが、見るも無残な状態になってしまった。いったい、何に対して怒っているのか……」

草原の大精霊の怒りとは何なのか？

観光客の増加？　それとも、演習に来ていた騎士が何かやらかした？

騎士のやらかしといえば、一点だけ心当たりがあった。

「あの、もしかしたらですが、演習で使っていた騎士が、ゴミを捨てていたんです。そのことに対して、怒っていたのかなと」

「ゴミ、か？」

ここに来るまでに集めたゴミを、エリザさんに見せる。

「なんと！　そう、だったのか」

エリザさんの本拠地は別にあり、頻繁に足を運ぶわけではなかったので気づいていなかったようだ。

「愚かなことを……大樹が怒るのも無理はない」

「ゴミの回収をしたら、赦してくださるでしょうか?」

「さあ、どうだか」

ルードティンク隊長のほうを見る。あとの判断は、任せるしかない。

間を置かずに、ルードティンク隊長は判断を下す。

「デーデ草原の、ゴミの回収をするぞ!」

そんなわけで、この大雨の中、みんなでゴミ回収をすることにした。捻挫をしているエリザさんは、この場で待ってもらうようお願いする。

大雨の中、ゴミを探して回る。生態系や環境が変わり、水蛇《アクア・サーペント》のような魔物が出現するようになっていたので、二手に分かれずにみんなで回収作業を行う。

「おい、リスリス、転ばないように気を付けろよ」

「わかっています——うぎゃ!」

注意された直後に、足下にあったブヨブヨになった葉っぱを踏んで転びそうになる。

「リスリス衛生兵、危ない!」

咄嗟に、ベルリー副隊長が体を支えてくれた。

「大丈夫か?」

「え、ええ。なんとか。その、ありがとうございます」

恐る恐るルードティンク隊長のほうを見ると、獲物を見つけた山賊のような表情になっていた。

怒鳴られると思ったが――。

「リスリス衛生兵、これから先は気を付けるように」

「は、はい、すみませんでした」

ベルリー副隊長が優しく注意してくれたので、ルードティンク隊長は怒るタイミングを逃したようだ。ホッと胸を撫で下ろす。

そこから、足下や周囲に注意しつつ、ゴミの回収を行う。

ゴミが落ちているのは地面だけではない。

「あ、あそこにありましたよ！」

ウルガスが指差したのは、木の枝に引っかかっている紙袋。あんな所にまでゴミがあるなんて。

思いがけず、視力が良いウルガスが大活躍してくれた。

ゴミを拾い集めているうちに、草原にも変化が訪れる。なんと、雨がだんだん弱まっていったのだ。

「ねえ、メル、空を見て」

「何ですか、リーゼロッテって、わあ！」

いつの間にか、雲間から太陽が顔を覗かせている。デーデ草原を覆っていた黒い雲は、どこかに消えてなくなっていたようだ。

清々しいほどの青空だ。これが、見たかった。みんな、手を止めて空を見上げている。

どうやら、大樹の怒りも収まったようだ。溜まっていた水が、じわじわと蒸発していくようになくなる。これは、大樹の力なのか。

ざあっと強い風が吹くと草花が生え、青々とした緑を取り戻す。瞬く間に、デーデ草原はあるべき姿へと再生していった。

「す、すごい……！」

「この地の精霊は、大きな力を持っているのね」

「こんなことって、あるのですね」

ここに足を踏み入れる者は、二度と間違ってはいけないだろう。でないと、しっぺ返しを受けてしまう。

自然と共生共存するには、敬意と感謝をすることが大事なのだ。

これにてめでたしめでたしと思いきや――最後の最後でとんでもない事態となる。

ガルさんの耳が、ピクンと動いた。私も、物音を拾う。ズルズルと地面を這うような音が複数聞こえた。

これには、覚えがある。水蛇《アクア・サーペント》の移動する音だ。先に気づいたガルさんはさすがだ。すぐさま、ルードティンク隊長に知らせる。

「魔物――複数の水蛇《アクア・サーペント》が接近しています！」

水辺という住処を失った水蛇《アクア・サーペント》が、一気に襲いかかってきたようだ。

「おい、ウルガス、何匹いるか見えるか!?」

「ええっと、三メトル級が十、五メトル級が三、十メトル級が一、です」

こんなにたくさんの水蛇《アクア・サーペント》が潜んでいたなんて、ぞっとした。それにしても、十メトル級の水蛇《アクア・サーペント》がやばすぎる。あんな化け物、見たことがない。

リーゼロッテは目を細め、襲撃の要因を推測する。

「たぶん、水がなくなったのは、わたくし達の仕業だと思っているんじゃないかしら？」

急に生息地の環境を変えられて、怒って襲いかかってきたのか。

「リスリス衛生兵、下がっていろ」

「ベルリー副隊長！」

「ここを水辺にしたのは人で、水辺じゃなくしたのも人だ。勝手なことではあるが、魔物と共生共存の道などない」

魔双剣アワリティアを引き抜きながら、ベルリー副隊長は低い声で呟いている。

「私は、水蛇《アクア・サーペント》のいない、デーデ草原を取り戻したいと思っている。だから、お前達は、倒す！」

そう叫び、前へと躍りでる。

刹那、振り上げた白く美しい双剣アワリティアが、眩く発光した。ベルリー副隊長の感情の爆発に、応えたようだ。

輝く剣の光は、水蛇《アクア・サーペント》の視力を奪った。しかし、水蛇《アクア・サーペント》は視力がなくとも問題はない。蛇という生き物には特殊な器官がある。それは第三の目とも呼ばれ、目と鼻の間にある。周囲の熱を感知し、物を把握するのだ。

よって、目は見えずとも怯まずに襲いかかってくる。

ただ、見えている時よりも、動きは鈍くなったようだ。

ベルリー副隊長は水蛇《アクア・サーペント》に光る剣で斬りかかった。その一撃は硬く厚い鱗を断ち、両断させる。

魔物は闇属性なので、光属性の双剣は効果抜群なのだ。

魔双剣アワリティアの能力は一つだけではないようだ。斬りつけたさいに刃が振動し、深く傷つけることを可能としている。

切れ味抜群の双剣と化していた。

おかげさまで、ルードティンク隊長やザラさんの出る幕はなく、ウルガスが矢で攻撃を妨害したり、ガルさんが槍で水蛇《アクア・サーペント》をいなしたりしている間に、ベルリー副隊長が魔双剣アワリティアでどんどん倒していく。

三メトル級の水蛇《アクア・サーペント》は剣一本で首を刎ね、五メトル級の水蛇《アクア・サーペント》はハサミのように刃を

入れて首を斬った。

十メトル級は、脳天を突き、首筋を何度も斬りつける。

双剣アワリティアの刃は血を弾き返し、いつまでも白く美しい姿を維持していた。

あっという間に、水蛇《アクア・サーペント》の大群を倒してしまう。ベルリー副隊長はしっかりした足取りで戻ってきたが、魔双剣アワリティアを鞘に納めた瞬間膝から頽れる。

「わっ、ベルリー副隊長！」

「アンナ！」

ザラさんとガルさんが、ベルリー副隊長の体を支えた。

「驚いたな。こんなに、あっさりと力尽きてしまうとは」

魔法研究局と魔物研究局が共同開発した謎の武器、『七つの罪』シリーズ。

ベルリー副隊長の持つ魔双剣アワリティアの意味は、『強欲』だ。

「水蛇《アクア・サーペント》との共生共存を否定し、元のデーデ草原の姿を取り戻したいと言ったから、武器の力が発動したのか？」

「……かも、しれないですね。強欲でも、なんでもないですけれど」

魔物大好き、魔物と共生共存したい魔物研究局の視点から言ったら、ベルリー副隊長の主張は「強欲」でしかない。

そういうふうに考えたら、納得できるような、できないような。

でも、魔双剣アワリティアの能力が発動したおかげで、勝利できた。感謝の一言だ。

「アンナ、大丈夫？　おぶいましょうか？」

「いや、もう平気だ。心配かけたな」

その言葉の通り、ベルリー副隊長は立ち上がり、しっかりとした足取りで歩き始める。

どうやら、魔力を消費するわけではないらしい。力となるのは、感情のみなのか。不思議な武器だと改めて思った。


頑張ってゴミ拾いをした結果、大きな革袋二つ分回収できた。その後、すぐに美女エルフのエリザさんのもとへ報告に行った。

「――と、いうわけでして」

「まさか、本当に騎士共の放置したゴミに、怒っておったとは」

「すみません」

「別に、お主らのしたことではないのだろう」

「そうですが」

同じ騎士隊エノクの隊員として、大樹に謝罪をしなければならない。

「とりあえず、草原は元通りになった。大樹は、人の子の愚かな行いを赦したということだろう。あとは私に任せて、もう帰るがよい」

「エリザさん……」

精霊に対する礼儀に対する知識はゼロに近いので、ここはエリザさんに任せておいたほうがいいだろう。

「しかし、エリザさんはどうしてここに？」

「元より、ここはハイ・エルフの住みかだったのだ。そこを、人が勝手に開拓し、住み始めたのは、五百年ほど前だったか」

ハイ・エルフは草原を追われ、深い森の奥地に住みかを移すことになったらしい。

「しかし、ここには精霊たる大樹がいる。そこで、私達は大樹の様子を見に来ていたのだが――」

そんな事情があったために、デーデ草原ではたまにエルフの姿を見かけることがあったのか。

「幸いと言えばいいのか。人は大樹に近寄らなかった。それに、歴代の当主は、この草原を愛していた。だから、私達ハイ・エルフは人の子を追い出さず、そのままにしていた」

しかし、先代のワストーン子爵が、デーデ草原を騎士隊の演習地として貸し出した。

「騎士達も、特に悪さをしていなかったものだから、大樹は許していたのだろう」

人が足を踏み入れると、土地は力を増していくらしい。近年の大樹は、急成長していたのだという。

観光地事業も秋限定と期間を定め、荒らすようなことはしなかったので目をつぶっていたようだ。

「しかし、しかしだ。半年前くらいから、騎士共の態度が悪くなった」

原因を探ると、指導する騎士が替わっていたらしい。

「だから大樹は、怒ったのだろうな」

エリザさんは大樹の怒りを静めるため、毎日のように豪雨のデーデ草原に来ていたとか。

「同じ騎士であるお主らが、怒りの原因たるものを取り除いたことが、よかったのかもしれぬ」

もう二度と、同じような事態を起こしてはいけない。今回の件はきっちりと報告してもらい、再発防止策を出して、実行しなければならないだろう。

「最後に、聞きたいのだが――フォレ・エルフの娘」

「はい？」

「その……何だ。あの料理は、どうやって作る？」

「スープ麺のことですか？」

「そうだ」

「あれは、沢蟹《ルクラブ》と乾燥させたマツキノコを煮込んで、乾麺を入れるだけです」

「カンメンというのは？」

「乾燥させた麺ですね」

「沢蟹《ルクラブ》とマツキノコはあるが、カンメンは村には売っていない」

「え～っと、ワストーン子爵領の街にはあると思いますが」

「人里に、エルフが好んで行くわけないだろう」

「そうでしたね」

人里に好んで行ったフォレ・エルフがここにいるが、今は言わないでおこう。

ここで、ベルリー副隊長が提案をする。

「乾麺の件は、ワストーン子爵に伝えておこう。デーデ草原の守護者たるエリザ殿には、敬意を払っているように見えたから、了承するだろう」

「ま、まあ、人の子がどうしてもと言うのであれば、受け取らなくもないがな」

素直じゃないエリザさんの態度に、笑ってしまった。


その後、街に戻ったが、周囲はすっかり真っ暗だ。そのまままっすぐ、ワストーン子爵に事の次第を報告しに行く。

「ああ、草原が元に戻るなんて、夢のようです！」

ワストーン子爵は涙を流し、喜んでいた。

「草原のエルフが乾麺を所望しているようです。用意していただけると、嬉しいのですが」

「乾麺を、ですか」

「ええ。エルフの村にはないもののようで」

「わかりました。明日にでも、大樹の近くに、置いておきましょう」

大樹はデーデ草原を優しく見守っている。そのことを忘れないようにと、ワストーン子爵に伝えておいた。

留守番組のアメリアは――丸くなって眠っていた。なんでも、ワストーン子爵の子どもと遊びまわり、疲れて一休みをしていたようだ。子守りの才能もあるなんて、知らなかった。近づくと、ハッと目を覚ます。

「アメリア、ただいま帰りました」

『クエ、クエ！』

頑張ったと、労ってくれる。今日の任務は、本当に大変だったのだ。アメリアのふかふかのお腹にうずくまりながら、話して聞かせる。

「雨に打たれ、雷の音にビビリ、蛇の魔物に襲われる」

けれど、そんな困難も、みんなで力を合わせて乗り越えてきた。と、一日にあったことを話しているうちに、眠たくなる。

「アメリア、今日も一日、大変でした……」

『クエ』

アメリアはまどろむ私に、布団をかけるように翼を被せてくれたのだった。

挿話　お留守番のシャルロットと、お魚遠征ごはん

今日も、わたしを置いてメルは遠征に行ってしまった。最近、頻度《ひんど》が高い気がする。

メルだけではなく、みんながいないと寂しいのに……。

しかし、感傷的になっている暇はない。仕事が山のようにあるのだ。

まず、洗濯や騎士舎の掃除を行う。他の部隊の騎士が書類運びにやって来るのも、この時間だ。

「シャルロットちゃ～ん、いる～？」

ちっちと舌を鳴らしながらやって来るのは、いつもの女性騎士だ。書類のやり取りをするうちに、わたしも慣れてきた。

わたしが建物の陰から誰が来たのかと警戒していると、いつものようにちっちと言いながら、手招きしている。

彼女の名前はマル・トーン。メルと同じ、十八歳。頬にあるそばかすの数は十七個と言っていた。

来訪者は、いつもの彼女で間違いない。

しかし、サンゾクに誰か来てもすぐに飛び出さず、知っている者か確認するようにと言われているのだ。

いつものマルで間違いないので、飛び出していった。

「シャル、ここにいるよ！」

「やった〜〜！」

マルはわたしの顎を撫で、頭をぐしゃぐしゃに撫でる。ちょっと手つきが雑だけど、死んだお父さんもこうやって撫でてくれた。

そのことを思いだして、胸がきゅんと切なくなる。

「マルは、今日もサンゾクに、書類を持ってきたの？」

「そうだよ」

「じゃあ、シャルが、責任を持って、預かっておくね」

「ありがとう。第二部隊は、また遠征なんだね」

「そうなの！　この前行ったかと思ったら、また遠征だって」

ぷうっと頬を膨らませていると、マルはツンツン突いてくる。くすぐったくて、ぷはっと笑ってしまった。

「第二部隊、最近活躍しているから、仕事量も増えているんだね」

「シャル、メルとお仕事したいのに」

「すぐに帰って来るよ」

「うん……」

「じゃあ、また来るから！」

そう言って、マルは去っていった。

彼女が帰ったあと、執務室に書類を持って行った。今日も、拾った石を重石として載せておく。

「――あ！」

サンゾクの机の上に、お菓子があった。紙袋に包まれているけれど、甘い香りでわかる。袋には、カードが添えてあり、シャルロットへと書いてある。

「え～っと、休憩時間に、食べてね。ザラ。あ、ザラおかーさんからだ！　わ～い！」

紙袋の中に入っていたのは、クッキーだ。

嬉しくって、執務室でくるくると踊ってしまう。

三時のおやつの時間に食べよう。それまで、お仕事を頑張らなければ。

昼食は寮のおばちゃんが用意してくれたお弁当を食べる。騎士隊の食堂の料理はおいしいけれど、人が多い上に、賑やかすぎて気分が悪くなってしまった。だから、今もこうしてお弁当を作ってもらっている。

お弁当の中身は、燻製肉とチーズのサンドに、豆を軟らかく煮たやつ。串に刺さった焼き魚に、真っ赤な木苺《ルブス》。どれも、好きなものばかりだ。

今度、メルとザラおかーさんと一緒に住むことになっているので、一緒にお弁当を作ろうねと約束していた。どんな料理を詰めようか、毎日お弁当を見て研究しているのだ。


午後からはお買い物に行く。この時間帯は人が少ないので、一人でも行けるのだ。

獣人は目立つようで、耳と尻尾が隠れる外套を纏《まと》って出かける。これは、ザラおかーさんが作ってくれたもので、袖や裾にレースが縫い付けてあり、とっても可愛くって気に入っている。

今日は、魚が安い日だ。

魚を使って、メル達が遠征に持って行ける遠征ごはんを作るのだ。

「魚屋さん、こんにちは！」

「おう、シャルロット嬢ちゃんじゃないか」

「そう、シャルだよ」

魚屋のおじさんは、腕が太くて、力持ち。サンゾクみたいに怖い顔をしているけれど、すごく優しい人だ。

わたしはいつも、ここで魚を買っている。もともと、メルの行きつけのお店だった。

「おじさん、今日は、何が安いの？」

「今日は、これだ」

桶いっぱいに、手のひらより少し小さな魚が盛り付けられていた。

「小鯵《スガレッソ》が大量だから、大売り出しだよ」

「じゃあ、小鯵《スガレッソ》を、ください」

「まいど！」

小鯵《スガレッソ》は水分を切って、葉っぱに包《くる》んだあと、新聞紙に包まれる。素早く包む様子は、とても鮮やかだ。いつも、見入ってしまう。

「おまけに鱗鮪《マグロン》の切り身を入れておいたから」

「やった！　シャル、まぐろん、大好き！」

「そっか。よかった」

鱗鮪《マグロン》は赤身の魚で、脂が乗っていて最高においしいのだ。しかし、おまけといえど、騎士隊の買い物なので、鱗鮪《マグロン》でも何か遠征ごはんを作らなければ。

給料出たら、鱗鮪《マグロン》をいっぱい買いたい。そのためには、お仕事を頑張らなければ！

そのあとも、買い物を行い、夕方の大売り出しの前に騎士隊へと戻った。

「――ふう！」

買った物は保冷庫の中に入れる。保冷庫とは、氷の魔石が入った箱だ。ここに食材を入れていたら、腐らないらしい。大きさは二メトルくらいで、幻獣保護局から寄付された物なんだとか。

中に入っている物のほとんどは、アメリア用の果物。第二部隊の食料も、使わせてもらっている。

ちょうど、おやつの時間になったので、休憩することにした。

お茶を沸かし、ザラおかーさんの作ったクッキーをお皿に並べる。休憩所に持ち込んだけれど、誰もいない。いつもだったら、リーゼロッテとか、ガルおとーさんとかいるのに。

やっぱり、寂しい。

そんなことを考えつつ、クッキーを齧る。

「うわっ、おいしー!」

ザラおかーさんのクッキーは、寂しさを吹き飛ばすほどおいしかった。

良かった。クッキーがあって。このあとも、頑張れる。

「よし!」

気合いを入れて、遠征ごはんを作ることにした。

＊

まず、小鰺《スガレッロ》を調理する。何匹いるのか数えてみたら、二十以上あった。小鰺《スガレッロ》の調理法は、以前メルから習っている。まず鱗を落とし、えらを取り出す。続いて、胸びれの下に包丁を入れて、小鰺《スガレッロ》の内臓を掻き出す。

この作業、メルは苦手だと言っていたけれど、わたしはけっこう好き。なんだか、達成感があるのだ。

そのあと、三枚におろす。骨も使えるので、別に取っておいた。

これで、やっと小鰺《スガレッロ》の調理に取りかかれる。

最初に、塩で下味を付ける。次に、鍋に小鰺《スガレッロ》がひたひたになるまでオリヴィエ油を入れ、そこに唐辛子《ピマン》、薬草ニンニクと迷迭草《ローゼマリー》、月桂樹《ラウレール》の葉を入れてひと煮立ち。ぐつぐつと沸騰したら、塩をパッパ。一度火を止め、冷えるのを待つ。

熱が取れたあと、オリヴィエ油ごと瓶に詰めたら、『小鰺《スガレッロ》のオリヴィエ煮』の完成だ。

二品目は、小鰺《スガレッロ》を生のままオリヴィエ油に漬ける。作り方は簡単だけれど、完成まで時間がかかる。

まず、小鰺《スガレッロ》を塩漬けにする。このまましばらく放置。その後、オリヴィエ油に漬けるだけだ。これがまた、おいしいのだ。パンに載せてもいいし、蒸《ふ》かしたお芋に載せてもおいしい。それが、『小鰺《スガレッロ》のオリヴィエ漬け』である。

最後に、小鰺《スガレッロ》の骨は塩を振りかけ、油で揚げる。すると、カリポリとお菓子のように食べられるのだ。

次に、鱗鮪《マグロン》の切り身で保存食を作る。塩を揉み込み、しばし放置。待つ間、オリヴィエ油をたっぷり注いだ鍋に、薬草ニンニク、迷迭草《ローゼマリー》、立麝香草《タイム》を入れ、香りを行き渡らせる。

その後、鱗鮪《マグロン》の切り身を入れて、弱火で煮込む。中まで火が通ったら粗熱を取り、ボウルで身を解す。

瓶の中に身とオリヴィエ油を注いだら、『ツナの瓶詰』の完成だ。

今日一日で、いっぱい作れた。きっと、メルも喜んでくれるだろう。

数日後、みんなが帰って来る。わたしはさっそく、メルを食料保存庫に連れて行った。

「わっ、シャルロット！　今回もたくさん作ってくれたのですね！」

「うん。シャル、頑張ったよ！」

「いい子、いい子」

メルが優しく頭を撫でてくれる。

「大変だったでしょう？　魚も、一人でおろしたのですよね？」

「大丈夫。魚の三枚おろし、得意だから！」

「シャルロットは、偉いですね」

「えへへ～」

メルが喜んでくれると、わたしも嬉しくなる。作り甲斐があるというもの。

「シャルが作った遠征ごはん、おいしかった？」

「ええ、とっても！　パンは私が作った物よりモチモチで、おいしかったです」

「そう、良かった！」

また、次からも頑張らなければ。

メルの感想を聞きながら、心の中で気合いを入れた。

挿話　ウルガスの第二部隊観察日記

ルードティンク隊長が頬に真っ赤な手のひらの跡を付けて出勤してきた。あれはきっと、婚約者に叩かれたのだろう。

「おい、ウルガス、何見てんだよ！」

「ヒイ、すみません！」

いつも以上に顔が怖い。機嫌も悪いようだ。

続いて、ベルリー副隊長がやって来る。ルードティンク隊長の頬の手形に気づいたようだが、そっと顔を逸らしていた。気づかない振りをするようだ。

次に、ガルさんとスラちゃんさんがやって来る。ルードティンク隊長の手形に気づき、気の毒そうな視線を向けていた。スラちゃんさんは痛そうだと思ったのか、顔を手で覆っている。

ルードティンク隊長ったら、俺には眼飛《ガン》ばすなと怒ったのに、ガルさんには怒らない。

何だろう、人徳の差か。もっと、徳を積まなければならないようだ。

アートさんがやってきた。ルードティンク隊長の頬の手形を見て、ぎょっとしている。

「ちょっとクロウ！　その頬、どうしたのよ？　また、婚約者と喧嘩したの？」

「うるせえ。ツッコむなよ」

やはり、触れてはいけない問題だったらしい。

「跡が残っても、知らないからね」

「そんなに軟《やわ》じゃない」

「もう！」

アートさんは大きなため息を吐いたあと、長椅子に腰かける。長年の付き合いからか、それ以上話は聞かないようだ。

リヒテンベルガー魔法兵は、ルードティンク隊長の頬の手形に気づかなかった。さすが、幻獣にしか興味がないお嬢さんである。今日も、通常営業だった。

最後に、リスリス衛生兵と、シャルロットさんがやってきた。

「あれ、サンゾク、ほっぺた赤いよ？」

そうなんです。ルードティンク隊長のほっぺたは赤く腫れているんです。しかし、怖い顔で睨まれるので、触れないほうがいいですよ。と、必死に心の中で訴えるが、届くわけもなく。

ルードティンク隊長はさすがにシャルロットさんを睨むことはしない。キツイ言葉も、口にしなかった。

「あのね、シャルが、魔法をかけてあげる」

シャルロットさんはルードティンク隊長に近づき、指先をくるくる回しながら呪文を唱えた。

「痛いの痛いの、飛んでけ～～！」

――笑ったらルードティンク隊長に殺される。笑ったらルードティンク隊長に殺される。

呪文のように繰り返し、笑いを噛み殺して必死に耐えた。

「痛くなくなった？」

「……まあ、だいぶ、良くなった」

ダメだった。

ルードティンク隊長の優しさを目の当たりにしてしまい、噴き出してしまった。

「オイ、ゴラァ！　ウルガス、お前、何を笑っているんだ！」

「す、すみません！」

ルードティンク隊長が優しくて笑ってしまったからとは、口が裂けても言えない。

それにしても、無表情《ポーカーフェイス》を保っているベルリー副隊長にガルさん、アートさんはすごいと思った。

たぶん、これが大人の余裕なのだ。

そんなルードティンク隊長に、新たな刺客が接近する。

「ルードティンク隊長、手巾《ハンカチ》を濡らしてきたので、頬に当ててください」

リスリス衛生兵の姿が見えなくなったと思っていたら、腫れた頬を冷やす手巾《ハンカチ》を用意してくれていたようだ。さすが、衛生兵である。

「いい、必要ない」

「そんなこと言って。ダメですよ」

リスリス衛生兵はルードティンク隊長に近づき、頬に手巾《ハンカチ》を当てようとした。しかし、避けようと上半身を捻る。

「ルードティンク隊長、動かないでください！　手巾《ハンカチ》が当てられないでしょう？」

「必要ないって言っているだろう？」

「必要なんですよ。今日は会議でしょう？　他の部隊の隊長に見られたら、何て言われるかわかったもんじゃないですからね！」

さすがリスリス衛生兵。ド正論である。なるべく、ツッコミどころは少ないほうがいいだろう。ただでさえ、最年少の隊長ということで、いちゃもん付けやすいのに。

ここまで言っても、ルードティンク隊長は抵抗を続けていた。

「シャルロット、反対側から押さえておいてください！」

「は〜い」

シャルロットさんに腕を掴まれたルードティンク隊長は、逃げ場を失ってリスリス衛生兵から介抱されることとなった。

急に大人しくなるルードティンク隊長。シャルロットさんが力を込めて押さえ込んでいるのかと思いきや、そんなに力が入っているようには見えない。

軽く握っているだけだろう。

なぜ、抵抗を止めたのか。よくよく確認したら——気づいてしまった。

なんと、接近したリスリス衛生兵の胸が、ルードティンク隊長の腕に当たっていたのだ。

これは、羨ましい!!

そんなことを考えていたら、急に背筋がぞくっとする。冷ややかな空気も感じるので何事かと思ったら、アートさんがとんでもなく怖い顔をしていた。

無表情で立ち上がると、大股でルードティンク隊長のいるほうへ向かう。

「クロウ、私が冷やしてあげる。メルちゃんとシャルロットは、食堂から氷と塩を持ってきてもらえる?」

「え、ザラさん。塩も、ですか?」

「ああ、ごめんなさい。氷だけで良かったわね。私ったら、勘違いを」

「ですよね。氷と塩を合わせたら、温度が下がりすぎて凍傷になってしまいますから」

そんな恐ろしい化学反応を呟いたあと、リスリス衛生兵とシャルロットさんは部屋から出て行った。

にっこりと微笑んでいたアートさんが、一瞬にして鬼のような『猛き戦斧の貴公子』の顔となる。

ルードティンク隊長の腕を、思いっきり叩いていた。

「クソ、痛いな！　何をするんだ！」

「何をするはこっちのセリフよ、クロウ！　メルちゃんの胸が当たっているのをわかっていて黙っていたでしょう？」

「あいつが勝手に当てていたんだろう？」

「そんなわけないじゃない。あなたを想って、少しでも腫れが引くように濡れ手巾《ハンカチ》を当ててくれていたのに！」

「いいだろう、ちょっとくらい。昨日は、大変だったんだから！」

「いったい何があったのよ？」

「メリーナがめかしこんでいたから、気合い入りすぎだろう、男を引っかけるつもりなのか？　と言っただけで殴ってきたんだ」

「最低。完全に、あなたが悪いわ！」

アートさんは本日二度目の深いため息を吐いたあと、諭すように言った。

「あなたは、もっと大人になりなさい」

「なんだよ、それ。もう大人だろうが」

「言っていることは、十歳児以下よ」

「なんだと？」

「このままだと、あなた達、破局してしまいそうで心配だわ」

「は？　何でだ？　貴族の結婚は、相性とか仲がどうこうで決まるわけじゃない」

「でも、メリーナさんが辛くなったら、きっとお父様に婚約破棄を申し出るはずよ」

「……」

その言葉は、さすがのルードティンク隊長にも響いたようだ。

「どう、すればいいんだ？」

「まずは、大人になって、素直になること。それから、メリーナさんの素敵なところを見つけて、褒めること」

ルードティンク隊長は顔を顰《しか》める。どれも難しいのだろう。

「わからないのであれば、まずは見た目から大人になったらどう？」

「見た目を大人に？」

「そう。たとえば、髭を生やすとか」

「髭……」

「もちろん、以前のような山賊風の髭はダメよ？」

「山賊風の髭ってなんだよ」

「言葉の通りよ」

アートさんの言葉は、ルードティンク隊長に深く染みたように思えた。

数日後――ルードティンク隊長は立派な髭を生やしていたが……どう見ても山賊です。

ありがとうございます。

けれど、メリーナさんとは仲直りしたようで、ゲン担ぎのために伸ばし続けると言っていた。

「いや、アートさん、あれ、完璧に山賊……」

「ジュン、婚約者と上手くいっているようだから、見守っておきましょう」

このようにして、第二部隊の面々は、ルードティンク隊長の髭の復活を見届けていた。

モテモテのウルガスと、絶品家庭料理

青い空、白い雲、そして――ルードティンク隊長に投げ飛ばされるウルガス。

「うわっ!!」

ゴッと大きな音を立てて、ウルガスは地面に叩きつけられる。土煙が舞い、苦しそうに咳き込んでいた。

ルードティンク隊長は容赦しない。

ウルガスを踏みつけようと足を上げ、そのまま腹部を狙った一撃を繰り出そうとする。

「危なっ!」

地面を転がったウルガスは、寸前で踏みつけを回避したようだ。しかし、ルードティンク隊長の猛攻から逃れられたわけではない。

大きな図体に反して素早く動くルードティンク隊長は、転がって攻撃を回避していたウルガスのお尻を蹴り上げた。

「ぐわっ――痛《い》った!」

ウルガスは茹でた海老《シュリンプ》のように、体を折り曲げて痛がっていた。

ルードティンク隊長は容赦せず、止《とど》めだとばかりに拳を振り上げたが――。

「止め！」

ここで、審判をしていたザラさんが、止めるようにと合図を出す。ルードティンク隊長はチッと山賊顔負けの表情で舌打ちしていた。

「楽しみは、これからだってのによ」

「勝負はとっくについていたわ」

「はいはい」

「クロウ、あなたはいつもやりすぎなのよ。ジュンが可哀想だわ」

「こいつ、戦闘訓練だってのに、上の空だったんだよ。気合いを入れてやったんだ」

「もう！　そういう問題じゃないのよ！」

ザラさんがウルガスに手を貸し、立ち上がらせる。ガルさんが、ウルガスの背中を軽く叩き、土を落としてくれていた。スラちゃんは、ウルガスの乱れた髪を元に戻す。みんな、優しい。

「平気？」

「あ、はい。ルードティンク隊長、きちんと加減してくれていました」

そうだったのか。

山賊が罪なき村人を襲っているように見えたけれど、実際は本気の半分程度の力しか出していなかったらしい。

「ルードティンク隊長、俺が本調子じゃないってわかっていて、手を抜いてくれたんです……」

「クロウ……意外と優しいのね」

「違う。こいつが、ふにゃふにゃしているから、本気を出したら潰れてしまうと思ったんだよ」

「ふふ、わかっているわ」

「ザラ、お前、絶対わかってないだろ？」

そんなこんなで、午前中の訓練の時間は終わった。

休憩所に行くと、ウルガスは窓の外を眺め、遠い目をしていた。

前に座るザラさんのほうを見る。何か知っているかと視線で問いかけたが、首を横に振っていた。

訓練の時も、こんな風にぼんやりしていたのだ。顔色はいいので、体調不良というわけではないだろう。

このまま放っておくこともできないので、話を聞いてみることにした。

「あの、ウルガス、どうかしたのですか？」

「え⁉」

「今日一日、何だかぼんやりしているように見えたのですが」

「あ、す、すみません」

日々、明るいウルガスにしては、珍しく眉尻を下げていた。その様子は、雨の日に捨てられた子犬の如く。

「ジュン、何か、悩みごとがあるのよね？」

「え⁉　な、何でわかったのですか？」

「元気がないもの」

「すみません」

「ウルガス、困っているんだったら、相談に乗りますよ」

「リスリス衛生兵……！」

「答えが見つけ出せないものは、他人に相談したら解決策が出てくるかもしれないわ」

「アートさんも……！」

ウルガスは膝の上にあった手をぎゅっと握り、まっすぐ私とザラさんのほうを見た。

「は、話せば長くなるので、夜、リスリス衛生兵とアートさんの、お時間をいただいてもいいでしょうか？」

私とザラさんの答えは、そろって「もちろん」だった。

終業後、向かった先はザラさんが以前勤めていた食堂。

アメリアもいいというので、一緒に連れてきた。

またまた、急成長したアメリアは、体長二メトル半くらいになっている。店の中に入ると、かなり存在感があった。リーゼロッテ曰く、立派な成獣になったらしい。

幸い、食堂は大きな店舗なので、アメリアも難なく入れる。ありがたい限りだ。

今日も、個室に通される。

アメリア用に絨毯も敷いてあって、至れり尽くせりだ。

「ジュン、メルちゃん、アメリア、今日は私の奢りだから！　好きな物どんどん頼んじゃって」

「アートさん、そんな、呼び出したのは俺なのに……」

「いいの。今日はそうしたい気分なだけよ」

「そう、ですか。では、お言葉に甘えて」

「そうよ。若い子は、どんどん甘えなさい」

「ほら、ウルガス、おいしそうですよ！」

ウルガスに料理の絵が描かれたメニュー表を見せる。今は、白身魚フェア中らしい。さまざまな魚料理がメニューに書かれている。

「う～～ん、迷ってしまいます」

「いっぱい頼んで、分けながら食べましょうよ」

そんなわけなので、魚のクリームチーズパイと焼き魚、魚の煮つけに魚の串焼きと、魚尽くしの料理を頼む。

「はあ、楽しみですね～」

「リスリス衛生兵って、魚が好きですよね」

「フォレ・エルフは漁をしないので、魚は商人から買うしかなかったのですよ」

森の奥地まで運ばれる魚は、干物がほとんどだ。たまに、生の魚が持ち込まれることがあっても、運搬費や冷蔵費などが加算され、高額になる。

「だから、王都に来た時、市場で魚の値段を見た時は驚きました」

「なるほど。そういう事情があったんですね」

そんなわけなので、実家に魚の油漬けや干物などを送ったら大層喜ばれた。妹達も、レースやリボンを贈った時より、魚のほうに食いついていたような気がする。色気より食い気なのか……。

そんな話をしているうちに、魚料理が運ばれてきた。

大皿で運ばれてきた魚のクリームチーズパイは、ザラさんが切り分けてくれる。

「あら、薄鮃《カレ》じゃない。今の時期、おいしいのよね」

旬の魚をいただけるなんて、とっても贅沢だ。

パイにナイフを入れると、ザクッと音が鳴る。中から、なめらかなクリームと、糸を引くチーズが出てきた。と、見とれている場合ではない。私も、料理を取り分ける。魚の煮つけを小皿に分けた。

ウルガスは、グラスに柑橘汁を注いでくれる。

「これでよしっと。食べましょう」

グラスを掲げ、白身魚に乾杯した。

まずは、魚のクリームチーズパイから。表面を覆う生地はサクサク。中の魚は淡白だけれど、噛むと旨みがじゅわっと溢れ出る。それがまた、濃厚なクリームソースと、塩気のあるチーズと合うのだ。

煮つけはトロトロになるまで煮込まれていて、舌の上で溶けてしまう。甘辛い味付けが堪らない。

他の料理も絶品で、瞬く間に食べ終えてしまった。

その後、食後の甘味として木苺《ルブス》のタルトが運ばれてくる。アツアツのミルクティーもオマケで付いてきた。

「それでウルガス、あなたの悩みを聞かせてくれる?」

「はっ、そうでした」

料理を食べているうちに、昼間抱え込んでいた憂鬱はすっかり忘れていたようだ。

「あ、いや、大した話では……いや、大した話か」

ウルガスは一度深呼吸してから、話し始める。

「え～っと、半月くらい前の話なんですが」

給料日、ウルガスは同期の騎士と食事に出かける予定だったらしい。しかし、終礼時にルードティンク隊長が長い話をしたため、遅刻しそうになったと。

「それで、普段は使わない近道を通ることにしたんです」

その道のりは中央街の路地を抜け、行き止まりの壁を伝い、反対側に降りること。

ウルガスは、降り立った壁の向こう側で想定外の事態に直面する。

「貴族のお嬢様が、強面のゴロツキに囲まれていて……」

使用人と逸《はぐ》れてしまったお嬢様が、ゴロツキのテリトリーに迷い込んでしまったようだった。

「ゴロツキの歓迎を受け、涙目だったお嬢様は、俺に助けを求めて……」

当然ながら、かわい子ちゃんとの戯れを邪魔されたゴロツキ達の恨みを、ウルガスが一身に受けることになった。

「そのあと、三人のゴロツキに襲われたのですが……」

一人目は筋骨隆々のゴロツキ、二人目は長身のゴロツキ、三人目は小柄だけれどナイフを持ったゴロツキ。

　三人まとめてウルガスに攻撃を仕掛けてきたようだ。

「逃げることには自信があったのですが、近接戦闘は苦手で」

　そうなのだ。ウルガスはいつも、訓練でルードティンク隊長にコテンパンにやられている。そのため襲われた瞬間、サッと血の気が引いたらしい。

　しかし、背後には貴族のお嬢様がいる。一人で逃げるわけにはいかなかったのだろう。

「それで、ジュンは戦ったと？」

「はい。筋骨隆々のゴロツキの拳を手で受け止めた時、びっくりしたのですが」

　ルードティンク隊長の拳よりも、ぜんぜん軽かったらしい。それに、動きも遅いと。

「長身のゴロツキも、回し蹴りをしてきましたが――」

　ゆったりとした動きに見えたようだ。

　小柄のゴロツキから突き出されたナイフも、手首を握って動きを止め、そのあと腕を捻って落とすことに成功した。

「気持ちがいいくらい弱いなと思ったのですが、あとから考えてみたら、ルードティンク隊長が強すぎたんだなと」

　一方的に叩きのめしているように見えて、ルードティンク隊長の訓練はきちんとウルガスを強くしていたようだ。

「ゴロツキを気持ちよく倒したあと、お嬢様を大通りへ案内しようとしたのですが」

お嬢様は足が竦んで動けないと訴えたと。それで、ウルガスはお嬢様を横抱きにして、大通りまで連れて行ったらしい。運よく使用人と合流し、別れたとのこと。

「お嬢様に名前を聞かれたのですが、同期の集まりに遅刻しそうだったので、名乗るほどの者ではありませんとか、適当なことを言ってその場を去りました」

「何か、話が見えてきたわ」

「ドキドキします」

こういう展開って物語の中の世界だけかと思っていたけれど、現実でもありえるようだ。

私はウルガスに続きを急かす。

「三日後、騎士隊を通して手紙が届けられました」

言わずもがな、貴族のお嬢様からである。

「差出人には、シェリル・グレンダ・シートンと書かれていました」

「シートンって、公爵家の？」

「はい、シートン公爵家のお嬢様が、差出人でした」

手紙には、この前助けてもらったお礼に食事をごちそうしたいと書かれていたらしい。

「たぶん、リヒテンベルガー魔法兵が入隊する前だったら、喜んで行っていたでしょう」

「それは、なぜですか？」

「俺、前に食堂で打ち上げをした時、見てしまったんです」

いったいリーゼロッテの何を見てしまったのか。非常に気になる。

「……それは、リヒテンベルガー魔法兵の、食事作法です」

リーゼロッテが食事をする様子は、上品で洗練されていたと。

「ああいうのは、貴族の家に生まれて、自然と身に付くものなのでしょう。別に自分の生まれが恥ずかしいとか、そういうことは思っていません。でも、住む世界が違うんだなと、思って」

とても、一対一の状態では耐えきれない。そう思って、ウルガスはお気持ちだけいただくと、返事を書いたらしい。

「それで、終わりだと思ったんです。ですが、手紙を送った翌日に、再び手紙が届いて――」

今度は、恋文だったとか。ゴロツキを一瞬で倒し、大通りまでお姫様だっこしてくれたウルガスは、王子様のようだったと。好ましく思っているので、もう一度逢いたいと熱烈な誘いが手紙に書かれていたようだ。

「とんでもない事態です。普段の俺は、王子様でも何でもありませんから」

ウルガスは王子様タイプではなく、どちらかと言えばわんこタイプだ。王子様的な行動を期待されても、困るだろう。

「だから、必死になって、手紙を書きました」

普段のウルガスは、一日三回の食事だけが楽しみで、訓練でも負けてばかりいるどこにでもいる平凡な騎士であると。

「でも、それも謙虚とか、素敵とか言われて……」

何というか、筆マメだな、ウルガス。

半月の間に、十通ほど手紙のやり取りをしたようだ。

「次に、考えて、考えて思いついたのが、料理上手な女性がいいということでした」

貴族女性は料理なんてしない。使用人の仕事だ。しかし、それもウルガスを諦める理由にはならなかったようだ。

「数日後に、公爵令嬢の手作り弁当が届けられてしまい――」

おいしく完食してしまったらしい。ウルガスは食欲には勝てなかったと、両手で顔を覆っている。

「もう、何を言っても、逆の方向に響いてしまって」

どうすればいいのか。迷った挙句、ウルガスは料理上手な婚約者がいると言ってしまったらしい。

「これで、今度こそ大丈夫だと思ったんです。ですが……」

「違ったのね」

「はい」

「返事には何と？」

「婚約者に会いたいと」

「うわ……」

「ジュン、やってしまったわね」

それで、ウルガスは一日中上の空になっていたようだ。

「俺、本当に無理なんです。お嬢様は美人で一途そうに見えますし、可愛いと思いますけれど、貴族社会で生きていくなんて、できるわけがない」

「そうね。庶民が貴族社会に溶け込むのは、海水で生きる魚が、湖に飛び込むようなものだわ」

ザラさん、それ、死を意味します。わかりやすい例えだったけれど。

話を聞いたウルガスは、一気に涙目になる。

「お、俺、どうすればいいのか、わからなくって」

「ジュン、可哀想に……」

ザラさんがぎゅっと、ウルガスを抱きしめる。なんという母性と包容力なのか。言葉にできない。

「私が女装して、婚約者役ができたら良かったんだけれど」

ウルガスはザラさんから離れ、顔を見上げる。

「いや、アートさん、いけますよ！」

「いけるわけないでしょう？　こんなゴツい女性なんて、いるわけもないわ」

初対面の時、ザラさんのことを女性かなと思ったのでいけそうな気持ちはわかるけれど……。

「まあ、百歩譲って誤魔化せたとしても、体格的に釣り合いが取れていないわ」

確かに、ザラさんのほうが身長はある。肩幅も広いし、婚約者ですと言っても無理があるのかもしれない。

誰か、他に同じ年くらいの女の子がいたらいいけれど。

「あ！　ウルガス、だったら、私が婚約者役をしましょうか？」

「ええっ⁉　そんなの、悪いですよ‼」

なぜか、ザラさんのほうを向いて言ってくる。

「でも、他に頼めるような女性はいないのでしょう？」

「そう、ですね。一人もいないです。ベルリー副隊長に頼むのは、恐れ多いですし、リヒテンベルガー魔法兵は、侯爵家のお嬢様なので、変な噂が立ちそうなことはしないほうがいいですし、シャルロットさんは騒ぎに巻き込みたくありません」

「もう、メルちゃんに頼むしかないわね」

「いいのですか？」

「何で私に聞くのよ。メルちゃんに聞きなさい」

「あ、そ、そうですね」

ウルガスは私のほうを向き、申し訳なさそうに頭を下げて願う。

「リスリス衛生兵、すみませんが、婚約者役を務めていただけないでしょうか？」

「仕方がないですね」

「ううっ、ありがとうございます」

今度は、ザラさんにもお願いをしていた。

「あの、アートさんも、ついてきてくれますか？」

「何でよ」

「そ、そのほうが、安心するので」

「いいけれど……そうだわ！」

ここで、ザラさんがパン！　と手を打つ。

「せっかくだから、いろいろ設定を考えましょう」

「設定、ですか？」

「そう！　例えば、メルちゃんはエルフのお姫様にして、アメリアはお姫様のお友達なの！」

完全に、無関係な話だと思っていたアメリアは、驚いた様子で顔を上げる。

「私は、メルお姫様に仕える騎士とか！」

「ザラさん、それ、素敵なアイデアですね」

「でしょう？　せっかくだから、一着作ってみようかしら？」

「いいですね！　ドレスは作れないので、リーゼロッテに借りることができないか、聞いてみます」

「メルちゃんのドレス姿、見たいわ！」

「ふ、二人共、楽しそうですね」

「ええ、楽しまなきゃ！」

「そう、ですね」

「こんなこと、滅多にないですから」

そんなわけで、私はウルガスの婚約者役を務めることになった。

＊

翌日、諸事情があってドレスを借りたいと申し出たら、快く貸してあげるとリーゼロッテは言ってくれた。

「また、変なことに首を突っ込んでいるのね。まあ、ザラ・アートが一緒なら、大丈夫だろうけれど」

ザラさんの信頼感のおかげで、深く話を聞かれずに済んだ。事件が解決したら、話をするつもりらしいので、リーゼロッテにはもうちょっとお待ちいただく。

ちなみに、エルフのお姫様に見えるような装いをと、頼んである。いったい、どんなドレスを着ることになるのか、ドキドキだ。

「おかえりなさいませ、リーゼロッテお嬢様、メルお嬢様」

「ど、どうも」

使用人にズラリと囲まれながら過ごすのは、どうにも慣れない。下宿させてもらって結構経つけれど、いまだに居心地が悪かったりする。

ウルガスが、公爵令嬢の気持ちに応えられないと言った気持ちを、今になってしみじみ理解してしまう。

この感情を予め想像できるウルガスは、実はすごいヤツなのかもしれない。

リーゼロッテの私室に移動し、借りるドレスを選ぶことにした。

侍女さん達が、次々と色とりどりのドレスを持ってきてくれた。

「メル、これはどう？　先月作ったばかりのドレスなんだけれど」

「リーゼロッテ、これ、一回も着ていないのでは？」

「そうだけれど」

「だったら、悪いですよ！　それに、ちょっと思ったのですが」

「何？」

「ド、ドレスの丈が、長いような気がして」

「そういえば、そうね」

リーゼロッテは私よりも背が高い。そのため、最近作ったドレスでは、丈が合わないのではと思ったのだ。

「だったら、去年作ったドレスにする？　流行は遅れているけれど、飾りを変えたら見栄えするわ」

「う～～ん」

去年作ったドレスも、きっと丈が合わないような気がする。

「あの、リーゼロッテの侍女さんで古株なのは？」

「栗毛の彼女よ」

「ありがとうございます。あの、私と同じくらいの身長だった時の、リーゼロッテのドレスってありますか？」

「ええ、ございますよ」

「リーゼロッテ、それを借りても？」

「構わないけれど」

そんなわけで、数年前のドレスを借りることにした。

「――右から、リーゼロッテお嬢様が十二歳の時、十三歳の時、十四歳の時、十五歳の時のドレスになります」

気を遣ってくれたのか、数着持ってきてくれたようだ。

まず、十五歳の時のドレスを当ててみた。深紅のベルベット生地に、袖に重ねられたレースが素敵な一着だったけれど、ダメだった。

「丈が、長いです」

続いて、十四歳の時のドレスを当ててみたが、これもダメ。ドレスのスカートを、地面で引きずってしまう。

「次は、十二歳の時のドレスにしましょう」

面倒なので、手っ取り早く一番小さなドレスを当ててみた。

「あっ……これは、丈が短いですね！」

正直、ホッとした。薄紅色の派手な色合いのドレスで、着るのに勇気が必要だったように思っていたから。

心の奥底では、十二歳のドレスがぴったりじゃなくて良かったと安堵している。

けれど、そのあと当てた十三歳のドレスが私の体に合ってしまったのだ。

「メル、何て言っていいのかわからないけれど、そのドレス、あなたに似合っていると思うの」

「そ、そう、ですか？」

「ええ。フォレ・エルフの森って、そんな色じゃない？」

その時になって、ドレスの形や色に気づく。

「ああ、そういえば。この深緑は、フォレ・エルフの森の色に似ている気がします。それに、この袖のレースは、葉っぱみたいです」

「でしょう？　少し、リボンの形が古いから、外して縫い直せばいいわね」

一度、試着してみる。

「ん……しょっと」

腰回りやスカートの丈は合っているけれど、胸の辺りがかなり苦しい。

「リーゼロッテが十三歳の時のドレスだから、仕方がないですよね」

「胸は、最近のドレスでも、きついような気がするわ」

「え、似たようなものでしょう？」

「どうだか」

ドレスの仕立て直しは、リヒテンベルガー侯爵家のお針子さんに任せるらしい。

「すみません、いろいろ頼んでしまって」

「いいのよ。メルが着飾るなんて滅多にないから、楽しかったわ」

「そう言っていただけて、安心しました」

ドレスはどうにかなりそうなので、あとは当日を待つばかりだ。

公爵令嬢シェリル・グレンダ・シートンと会う約束をしていたのは、ザラさんが働いていた食堂だった。ウルガスが指定したのだが、なんと、シェリルお嬢様は貸し切りで予約を取っているらしい。

ウルガスはすでに大変な事態になっている、どうしてこうなったのかと、胃の辺りを摩《さす》りながらぼやいていた。

そんなこんなで、当日となる。

私は朝から身支度でてんやわんやだった。初めてのドレスに、初めてのお化粧、初めての首飾りに耳飾り。

どれも、新鮮だった。

アメリアは、大きなリボンを首に巻いてもらい、上機嫌である。先ほどから何度も鏡を見に行き、喜んでいた。

身支度を調えてくれた侍女さんと入れ替わりに、リーゼロッテがやってくる。手に、眩い何かを持っていた。

「メル、これを貸してあげる」

リーゼロッテが頭に差し込んだのは、大粒のダイヤモンドが輝くティアラだった。鏡越しで確認し、ぎょっとする。

「ええっ、これ、とんでもなく高価な品では？」

「さあ？　価値については、良くわからないわ。これ、十三歳の誕生日に、お父様がくれたのだけれど、一度も使っていなくて。もったいないから」

リーゼロッテ、お願いだから誕生日の贈り物は使ってあげて……！

何となく、リヒテンベルガー侯爵のしょんぼりとした姿が脳裏を過った。

「メル、似合っているじゃない。完璧なお姫様よ」

「そ、そうですか？」

ティアラは結構重たく、首がカクンと傾きそうだ。けれど、褒められると我慢しようと思える。

「それにしても、お姫様って大変なんですね」

矯正下着《コルセット》は苦しいし、ドレスは重たい。宝飾品狙いの盗人に襲われないか心配だし、踵の高い靴は歩行が困難になる。

「それも、慣れだと思うわ」

「心から尊敬します」

身支度が調ったら、ザラさんが迎えに来てくれた。そういえばエルフの姫君の騎士という設定で、服を作ったと言っていたが、果たしてどんな装いなのか。

「姫君、迎えにきましたよ」

いつもより低い声で、ザラさんが声をかけてくる。

「わ……！」

本日のザラさんの装いは、詰襟の上着に、黒のズボンとブーツを纏い、私のドレスと同じ深緑のマントを羽織っている。正統派な、物語にでてきそうな男前の騎士だ。

「すごい、ザラさん、素敵です！」

「メルちゃんも、とっても綺麗だわ」

「何だか、照れますね」

「ええ」

何でも、マントはリーゼロッテに話を聞いて、似たような色の布地を購入したらしい。

「しかし、ザラさんの騎士服、まるで本物みたいです。さすがです」

服作りの基本は村で習ったようだけど、ここまでの服を独学で完成させるということは大したことだろう。

「服を作る仕事も、憧れていた時期があったのよね」

しかし、ある日自分の着たい服を作るのが一番楽しいと気づいたらしい。

「ドレスも作れるから、今度、メルちゃんのドレスを作りたいわ」

「ザラさんのドレス。きっと可愛いんでしょうね。しかし、着て行くような場所はありませんが」

「だったら、パーティーを開きましょうよ」

「新築パーティーですか？」

「いいわね。シャルロットの分も、作るわ」

現在、私達が住む家の改装は着々と進んでいた。改装が終わったら、カーテンを作ったり、食器を買いそろえたりと、することは山のようにある。

何をやっても楽しいので、作業ができる休みが待ち遠しいのだ。

と、こんなことを話している場合ではない。ウルガスと合流しなければ。

「ジュンとは、食堂の裏口で待ち合わせしているの」

「だったら、急ぎましょう」

馬車で食堂まで向かった。

「皆さん、本日は、お日柄もよく……」

ウルガスは目の下にクマを作った姿で、そんなことを言った。

服装は騎士隊の制服ではなく、私服だ。黒のジャケットに、白いシャツ、ズボンという実に若者らしい恰好である。

これは、ザラさんと二人で考えた設定で、私は森の奥深くにある小国フォレスティーアの王女なのだ。

「ごきげんよう」

「ご、ごきげんよう……わ、私は、シェリル・グレンダ・シートン、です」

「はじめまして、シェリル様。わたくしに、お話があるとうかがいまして」

「え、ええ……」

突然のエルフのお姫様の登場に、シェリルお嬢様は戸惑っているように見えた。ザラさんと私のキラキラとした雰囲気に、圧倒されているようにも見える。

ちなみにキラキラ成分の割合は、ザラさん八割、私二割程度だろう。

背後にいるアメリアも、迫力に加担しているに違いない。

「あ、あの、メルメル姫、立ち話も何なので、座りましょうか」

「ジュン、そうですね」

ウルガスをジュンと呼び捨てにすると、慣れていないからか違和感がある。これも、ぐっと我慢だ。

席に着くと、紅茶とお菓子が運ばれてくる。三段重なって置かれた茶菓子の食べ方は、以前リーゼロッテに習ったので心配いらない。

しかし、食べ物に手を伸ばしていいような雰囲気でもなかった。空気が、すごく重たい。

シェリルお嬢様は顔を俯かせ、ウルガスは明後日の方向を向いている。

こうなったら、私が話を進める他ない。

「それで、シェリル様、お話とは？」

「あ、えっと、ジュン様に、素敵な婚約者様がいらっしゃるとお聞きしたので、どんな御方か、気になってしまい――」

「まあ、素敵な婚約者だなんて！」

「ほ、本当に、素敵な御方だったので、驚きました」

「ありがとうございます」

これで納得してくれと、心の中で願う。しかし、シェリルお嬢様は、キッと強い瞳を私に向けた。

「あの、私、実は、ジュン様に一目惚れをして」

「まあ！」

「お慕い申し上げているのです！」

何という、恋愛小説のような展開。お供の侍女さん達は、固唾を呑んで見守っているように見える。

私は物語の中のいじわる令嬢になりきって、シェリルお嬢様に問いかけた。

「あなたは、何がしたいと？」

「わ、私は、ジュン様とあなた様の結婚を、納得していません」

「それで？」

「……を」

「え？」

エルフの耳でも聞き取れないような、微かな囁きだった。何だって？　と聞き返す。

「何とおっしゃったの？　聞こえませんわ」

「ジュ、ジュン様の、婚約者の座を巡って、勝負を、と言いました！」

「ええ〜〜〜〜!?」

ウルガスが一番驚いていた。一方で、アメリアは「フッ、面白くなってきたな」という表情でいる。

「や、止めてください。俺のために、そこまでしなくても」

ウルガスは物語のヒロインのような言動をしている。ザラさんはヤレヤレと肩を竦め、呆れているようだった。

「勝負って、いったい何を……？」

「料理です。ジュン様は、料理上手な女性が好ましいとおっしゃっていました。その手紙を読んで、私は血の滲むような努力をし、料理の技法を身につけました。もしも、私よりおいしい食事をメルメル様が作れるのであれば、身を引きます！」

私とウルガスは婚約関係にあるというのに、身を引くとはいったい……？

まあ、物語の中の世界に、ツッコミは不要なのかもしれない。

「食材は、店にある物を使わせてもらいましょう。支払いは、こちらが持ちますので」

話がとんでもない方向へと傾いている。

「勝敗を決めるのは、ジュン様ですわ。審判に嘘がないかは、こちらの魔道具を使わせていただきます」

シェリルお嬢様の侍女さんが見せてくれたのは、水晶の付いた指輪だった。

「嘘を吐いたら赤く、真実を言ったら青く光る仕組みです」

「な、何でそんな物を持ち歩いていたのですか？」

シェリルお嬢様は、水晶の指輪をウルガスに見せながら話を続ける。

「ジュン様への愛が嘘偽りのないものであると、お見せしたかったのです。この通りに」

透明だった水晶は淡く美しい青に変化した。彼女は真実、ウルガスのことを愛しているようだ。

ただし、愛は重いけれど。

「料理のテーマは、ジュン様に決めていただきます」

かなり本格的な勝負になるようだ。まだ受けると言っていないのに、勝負を行う体《てい》で話を進めているけれど。

ウルガスは不安そうな目で私を見る。勝負を受けて大丈夫なのか聞きたいのだろう。

私はウルガスの好みは把握している。それだけでも、十分勝ち目はあるだろう。まっすぐにウルガスの目を見ながら頷いた。

「……わかりました。テーマを決めます」

ウルガスが決めた料理のテーマは――家庭料理だった。

シェリルお嬢様は、目が点となる。

「ジュン様、家庭料理とは、何ですの？　どういったものを、家庭料理と定義するのでしょう？」

「え？」

シェリルお嬢様は家庭料理と聞いて、ピンとこなかったようだ。やはりウルガスと彼女の間には、大きな価値観の隔たりがあるように思える。

キョト～ンとするウルガスの代わりに、ザラさんが家庭料理の説明をしてくれた。

「家庭料理とは家で食べる定番料理のことですよ。いわば、その家々の味と言いますか」

いつもより声を低くして話をするザラさんに、侍女さんだけでなく、シェリルお嬢様もポ～～ッとなる。

今日のザラさんは、完璧な騎士であり、貴公子なのだ。役だけどね。

「今の説明で、ご理解いただけましたか？」

「え、ええ。日々、食べなれた、親しみのある料理を、作ればいいのですね」

「その通りです」

「わかりました。では、家庭料理で勝負をしましょう」

話し合いの結果、五時間後に料理を提供するという話になった。勝負会場となる食堂は厨房が二ヵ所あるというので、二手に分かれて調理をする。

勝利した者に与えられるウルガス（?）は、シェリルお嬢様の侍女さん達に別室に連れて行かれた。勝負の時まで、面会謝絶らしい。

休憩所として提供された貴賓専用個室は、いつもの個室より豪華だった。天井から水晶のシャンデリアがぶら下がり、床には真っ赤な絨毯が敷かれている。テーブルの材木も、他の部屋より質がいいように思えた。

「食堂って大衆食堂かと思っていましたが、こんなお部屋があるんですね」

「大衆食堂で間違いないんだけれど、ある高貴な御方が常連で」

「ああ、なるほど。そういうわけでしたか」

高貴な常連様は、もう二十年以上も通い詰めているらしい。護衛の騎士達はこの食堂に出入りしているうちに絶品料理にハマってしまい、今では騎士御用達の店になったようだ。

アメリアはふかふかの絨毯が気に入ったようで、寝転がっている。

『クエ〜〜』

実に、幸せそうにまどろんでいた。

「しかし、五時間も調理時間に使うなんて。四時間くらい暇になります」

「そうね。一時間もあったら、家庭料理なんて作れるのに」

とりあえず、作る物は決まっている。あとは時が来るのを待つばかりだ。

「メルちゃん、私、刺繍のセットを持ってきたの。今からしない？」

「いいですね！」

ザラさんと二人、刺繍をしながら時間を潰すことにした。

＊

『クエ～～！』

目覚めたアメリアの目の前に、素敵なスカーフが置かれていた。黄色い花模様を刺した、アメリア専用のスカーフである。ザラさんと私の合作だ。

『クエックエエ！』

尻尾をぶんぶん振り、翼を広げて喜んでいる。

「気持ちいいくらい、喜んでくれるわね」

「最近、仕事と新居の準備で、手作りの物を渡せていなかったので」

「たまには、アメリアのために時間を使ってあげないとね」

「そうですね」

アメリアはさっそく装着したいと急かしている。首にはリボンを結んでいるので、頭に巻いて顎の下で結んであげた。

「さてと。私も調理に取りかからなければなりませんね」

「メルちゃん、私も手伝うわ」

「ありがとうございます」

本日使う食材は――芋。

「芋料理を作るのね」

「はい。以前、ウルガスが子どもの頃は芋ばかり食べていたって、言っていたじゃないですか」

ウルガスにとって、芋料理は家庭料理の象徴なのだと思う。

「何か、たくさん食べすぎてあまり好きじゃないって言っていましたが、おいしいと言ってもらいたいなと」

「いいわね」

だから私は、渾身の芋料理を一時間でちゃっちゃと作る。

一品目は、ベーコンと玉葱《ルーク》を炒めたものに、小麦粉、牛乳、バター、塩コショウで作ったホワイトソースを混ぜる。次に、深皿にバターを塗って薄切りにして蒸かした芋を並べ、ホワイトソースをかける。最後にチーズを振って、かまどで焼いたら『芋グラタン』の完成だ。

二品目は、蒸かした丸のままの芋に、薄切り肉を巻いて焼く。甘辛いソースに絡めたら『肉巻き芋』の完成。

三品目は、蒸して潰した芋に卵と小麦粉を入れ、塩コショウで味付けをして混ぜる。生地がまとまったら、中にチーズを入れて、油でカラッと揚げた。『チーズと芋の揚げ団子』の完成だ。

と、この辺で一時間となった。

「ザラさんのおかげで、三品も作れました」

「いえいえ。お役に立てて何よりだわ」

この三品の料理の特徴は、一見して芋料理とわからないということ。先入観なく、芋料理を食べてほしい。

私とシェリルお嬢様は、ウルガスを囲んでテーブルにつく。

真ん中にいるウルガスは、居心地悪そうにしていた。

「侍女に聞いたのですが、メルメル様は最後の一時間で集中的に調理をしたようで」

「ええ。家庭料理は、できたてが一番ですから」

まずはシェリルお嬢様の料理が運ばれてくる。

「三角牛《カローヴァ》の赤葡萄酒煮です」

じっくりコトコト煮込んだ牛肉は、皿の上でとろけそうになっていた。

「さあ、これが私の家庭料理です。召し上がってくださいな」

「ええ、いただきます」

ウルガスは、フォークで押さえながら三角牛《カローヴァ》にナイフを入れた。

「えっ——軟らかっ！」

何と、ほとんど力を入れずに切れてしまったらしい。一口大に切り分けた三角牛《カローヴァ》を、ウルガスはパクリと食べた。

「し、舌の上で、肉がなくなりました！」

それくらい、軟らかいということだろう。ウルガスは無言で食べ続ける。あっという間に、皿は空となった。

「すごく、おいしかったです」

「安心しました。それは、公爵家の家庭料理なのです。私と結婚した暁には、月に一度作ってても良いですすよ」

「あ、ありがとうございます」

シェリルお嬢様の作った豪華な料理のあとに出すのは恥ずかしいけれど、腹を括った。

ザラさんが、芋料理を持ってきてくれた。

「わっ……一時間の調理で、三品も作ったのですね」

「ええ。パパッと作って出すというのも、家庭料理の醍醐味かと思いまして」

「確かに」

この辺の言い分は、シェリルお嬢様には良く理解できなかったようだ。

「温かいうちにどうぞ」

「はい、いただきます」

まずは、芋グラタンから食べる。伸びるチーズを噛み切った瞬間、ウルガスはハッとなった。

「これは――芋、ですね」

「ええ、芋です。どうですか？」

「いや、驚きました。うまいです。今まで、そのまま茹でた芋とか、スープに入った芋しか食べたことがなかったので、グラタンの具にするのは新鮮でした」

表面のチーズはカリカリで、中のホワイトソースは濃厚。それに、ホクホクの芋が合うのだ。

二品目は、肉巻き芋。ナイフで切り分けたら、中身が芋であることに気づいたようだ。

「芋、ですね」

「ええ。芋、です。それは、丸かじりがおいしいですよ」

「で、では、丸かじりします」

フォークを肉巻き芋に刺し、大きく口を開いて食べる。

「――むっ！」

ウルガスの目がカッと見開いた。

「おいしいです！　カリッカリに焼かれた肉と芋の相性は抜群で、肉の旨みが芋の表面にしみ込んでいるのが堪りません！」

お口に合ったようで、何よりだ。ウルガスは三つあった肉巻き芋を、ペロリと食べてしまった。

最後は、チーズと芋の揚げ団子である。

「これも、芋ですね」

「ええ、芋です」

食べずとも、これまでの流れで分かったようだ。一口大の揚げ団子をフォークに刺して食べる。

「んん⁉」

またしても、ウルガスの表情は驚く。無理もない。それは、ただ芋を丸めて揚げたものではないから。

「チーズが、口の中でとろっと溢れて……！」

感想を言い終える前に、二個目を食べる。

「お、おいしい……！」

しみじみと、呟く。これも、ウルガスの好きなものだったようだ。

「その揚げ団子に、さっきの肉巻き芋のタレを絡めてみてください」

「え？　あ、はい」

言われた通り、ウルガスは甘辛のタレを揚げ団子に絡めて食べた。

「こ、これは……‼」

タレには肉の旨みも溶け込んでいるので、さぞかしおいしいだろう。カリカリになるまで揚げた団子と、甘辛のタレは信じられないくらい合うのだ。

これにて、試食会は終わりだ。

ウルガスは私が作った料理をすべて完食してくれたようだ。

「ジュン様、それでは、お聞きします。私の三角牛《カローヴァ》の赤葡萄酒煮と、メルメル・リスリース様の、芋料理と、どちらがおいしかったですか？」

ウルガスの指には、嘘発見器が嵌められている。ひと目で、嘘か本当かわかるのだ。

「俺がおいしかった料理は――」

胸の前で手を組み、祈りを捧げる。どうか、勝てますように、と。

「メルメル姫の、芋料理です」

そう言った瞬間、水晶は青く光った。

「そ、そんな……！」

シェリルお嬢様は膝から頽れる。その体を、侍女さん達が支えていた。

「ど、どうして……どうして、五時間かけて作った私の料理が、たった一時間で作った料理に負けてしまったの？」

「勝負のテーマがとっておきのごちそうだったら、シェリルお嬢様の勝ちだったのかもしれません」

「私の料理は、ジュン様にとって、ごちそうでしたの？」

「はい。あんなにおいしい料理は、一年に一度か二度、食べられるか食べられないかってくらいのものですよ」

「私の家では、一ヵ月に一回か二回は出てくるけれど」

「ええ、そうですね。シェリルお嬢様にとって、あの料理は家庭料理だったかもしれません。ですが、俺にとっては、レストランで食べるような特別なひと皿だったのですよ」

ウルガスは遠い目をしながら話す。

「俺は下町の生まれで、兄弟がたくさんいて、毎日安価で買える芋ばかり食べていました。そのおかげで、芋が苦手になってしまい――でも、このメルメル姫の芋料理は、どれもおいしくって、子どもの頃に食べていたのと同じ芋の味がしました。これこそ、俺の家庭料理なんです」

「……そう、だったのですね」

「あなたと俺の間にある壁が、わかりましたか？」

シェリルお嬢様はコクリと頷いた。

「ごめんなさい、私ったら、婚約者もいるのに、でしゃばった真似をして」

「いいですよ。好かれるということは、悪い気はしないので。とは言っても、めちゃくちゃ悩みましたが」

「悪いことをしたと、思っています」

「いいです。今、この瞬間、すべてを白紙にしましょう」

ウルガスはさようならと言って、この場から立ち去る。その後ろ姿は、カッコよく見えた。

＊

「うわあ〜〜〜〜!!　緊張した〜〜〜〜!!」

食堂の裏口で落ち合ったウルガスは、涙目で思いの丈を叫んでいた。

キリリとした表情で、「白紙にしましょう」と言っていた姿の影も形もない。

「ジュン、場所を移動しましょう」

「う、すみません、そうですね」

私達の装いは目立つので喫茶店などには寄らずに、リヒテンベルガー家に直行した。

「……あなた達、そんなことをしていたの？」

リーゼロッテから呆れられてしまった。仮装パーティーにでも行くのかと思っていたらしい。

「でも、何か楽しかったです」

「だったらいいけれど」

仮装して楽しいひと時を過ごした私とザラさんとは違い、ウルガスは今もガクブルと震えていた。

「ジュン、平気？」

「顔色が悪いわ」

「水を飲んだほうがいいですよ」

手渡した水を、ウルガスは一気に飲み干した。二杯目、三杯目とカップを空にしていく。

そういえば、料理を食べている間、いっさい水分を取っていなかったような。あれだけ味の濃い物を食べていたら、喉も渇くだろう。

「まだ飲みますか？」

「も、もう、大丈夫、です」

ウルガスは胸を押さえ、息を大きく吸い込んで、吐き出していた。

「いや、リスリス衛生兵が機転を利かせた料理を作ってくれたおかげで、お断りをすることに成功しました。ありがとうございました」

「いえいえ」

「まさか、料理対決になるなんて、想像もしていなくて」

「いいですよ」

最終的に諦めてくれてよかった。これで、ウルガスの憂いも解消されただろう。

「でも、あなた、普段からモテたい、モテたいと言っていたのに、いざ女性に言い寄られたら、腰が引けてしまうのね」

リーゼロッテの指摘に、ウルガスはウッとなる。

それに対し、ザラさんが解説してくれた。

「元気いっぱいの犬に、箱入り娘な子猫が言い寄ってきたら、困るでしょう？」

「たしかに、種類が違うから、困るわね」

「貴族と平民って、そういうものなのよ」

「だったら、エルフと人は？」

リーゼロッテの質問に、ザラさんの表情が引きつる。いったいどうしたのか。言葉に詰まるなんて、らしくない。

代わりに、というのはおかしいかもしれないけれど、私がリーゼロッテの問いかけに答えた。

「エルフと人は、確かに違う種族かもしれません。ですが私は、隔たりはないと思っています。現に、私とリーゼロッテは、友達じゃないですか」

「それもそうね」

「違いと言っても、耳の形や聴力がちょっといいくらいで、そこまで変わらないのではと思っています。例えるならば、犬と狼……ですかね」

何か、相応しい表現が見つからないけれど、この辺で納得してほしい。

「それに、エルフと人の恋物語は、昔から良く聞きます」

「そうなの？」

「ええ」

そんなわけで、何事も重要なのは本人同士の相性だろう。

「人種に関係なく、価値観が近いと相性もいいのかもしれません」

「そういう相手に出会えるのは、奇跡なのでしょうね」

「ええ、そうですね」

　今まで結婚といったら、フォレ・エルフの考えが基本となっていた。けれど、最近は王都の人達と同じように、自由でいいのではないかと思っている。

「私、メルが結婚する時にメイド・オブ・オナーに立候補するわ」

「メイド・オブ・オナー？　って、何ですか、それ？」

「結婚式を一緒に盛り上げる役よ。一緒に招待状を作ったり、引き出物を買いに行ったりするの」

「楽しそうですね」

「ええ」

　王都で働くようになってから、結婚に対する考えも大きく変わった。

　内なる魔力ではなく、自分自身を気に入ってもらい、生涯の伴侶に選ばれるなんて素敵なことだ。

「ウルガスも、いつか気の合う女性に出会えますよ。焦ることはありません」

「そうですかね」

「わたくしの知り合いを、紹介してあげましょうか？」

「いえ、リヒテンベルガー魔法兵の繋がりはヤバそうなので」

「どういう意味よ！」

類は友を呼ぶという。

きっと、リーゼロッテの知り合いもお察し案件なのだろう。

申し訳ないけれど、笑ってしまった。

「まあ、メルも笑うなんて！」

ウルガスもプッと噴き出し、ザラさんは口元を押さえて微笑む。

小さな笑い声が、だんだんと大きくなった。

いろいろあったけれど、こうして一日を笑顔で終えることができた。

＊

一ヵ月後――ウルガスより手招きされ、一枚のカードが差し出された。

シェリルお嬢様より届いたものらしい。

そこには、幸せそうな男女の肖像画と共に「私達、婚約しました！」というメッセージが書き込まれていた。どうやら、ウルガスに振られたあと、運命の出会いがあったようだ。

婚約相手は騎士らしい。

「何でしょう、複雑な気持ちになるのは」

「ウルガスの運命の相手も、どこかにいますよ」

きっと……。そんなふうに励ましておいた。

以上で、ウルガスを巡る恋の騒動は決着がついた。

お気の毒にという言葉しか出てこない。

いつか、ウルガスを心から愛してくれる女性と出会えたらいいな。その時は、全力で応援しようと思った。

王女様と、カルメ焼き

「遠征任務が入った。詳細は、あとで届けられるらしい。とりあえず、十日分の着替えと軽い食料を準備しておくようにと」

遠征だと聞き、みんなの表情が引き締まる。

ただ一人、シャルロットだけは「ええ〜〜……」という顔付きになったけれど。しかし、次の瞬間には、にんまりと笑みを浮かべていた。

実を言うと、遠征時にだけできる遊びを彼女は覚えたのだ。あまりにも寂しがるので提案してみたところ、すっかり気に入ってしまった。

その遊びとは——『私と仕事、どっちが大事なのよと詰め寄る妻ごっこ』。

今日の当番は、ウルガスだった。

解散になったあと、シャルロットはすぐさまウルガスに駆け寄る。

「ねえ、ジュン、また、仕事なの？」

「仕方がないですよ。上からの命令です」

そんな話をしながら、ウルガスはシャルロットと共に武器庫に向かった。

「この前の記念日も、仕事だったじゃない！」

「あれは、埋め合わせをしたでしょう？」

ウルガス、なかなか返しが上手い。

二人はそんなやり取りをしながらも、サクサクと手を動かしている。ウルガスは矢の弦を張り直し、シャルロットは矢筒に矢を入れていた。

「もう！　シャルとお仕事と、どっちが大事なの⁉」

「そ、それは――うはっ」

最終的に、ウルガスは笑ってしまった。シャルロットの真に迫る演技が、面白かったようだ。

「も～、ジュン笑わないで！　一番いいところだったのに～～」

「すみません」

「でも、満足した。遠征、頑張ってね！」

「ありがとうございます」

以上が、『私と仕事、どっちが大事なのよと詰め寄る妻ごっこ』だ。みんな真剣に相手をしてくれる上に、返しが笑えるので、つい聞き耳を立ててしまう。

これをする時、シャルロットが準備を手伝ってくれるので、一人でするよりも早く終わるのが最大の利点だろう。だから、ルードティンク隊長も黙認している。

それにしても、十日間の遠征なんて、今までなかった。詳細については、ルードティンク隊長も知らないらしい。

もしかしたら、誰かの護衛任務かもしれないとのこと。

遠征部隊に護衛任務が命じられることなど、今までなかったらしいけれど。

一日三回の食事と宿泊は街で行い、野営をしないというのは初めてかもしれない。

「いったい、どんな任務なんですかね～」

『クエ～～』

そんな話をしながら、兵糧食を鞄の中に詰めた。着替えは十日分となると、かなりの大荷物になる。

馬車だったら全員分の荷物は載らないのではと思っていたら、移動は馬で他に荷馬車を出すらしい。

「まったく想像できないですね」

『クエ～～』

準備をしている時はのほほんとしていたけれど、遠征部隊の総隊長がやって来た瞬間、いったい何事かと緊張が走る。

「突然の訪問を許してほしい」

短い挨拶のあと、今回の任務について説明がなされた。

「第二部隊には、第七王女ヘンリエッタ姫の護衛をしてほしい」

な、何ですと～～⁉

「ヘンリエッタって、アメリアを捨てた馬鹿王女じゃない！」

リーゼロッテが、言ってはいけないことを口にしてしまった。幻獣愛が激しすぎる彼女にとって、幻獣の育成を放棄したヘンリエッタ王女のことが赦せないのだろう。

「……今の発言は、聞かなかったこととする」

総隊長は苦虫を噛み潰したような表情で、リーゼロッテの発言を流した。

しかしなぜ、私達が護衛任務をすることになったのか。

第七王女には親衛隊がいる。それなのに、第二部隊にも護衛を依頼するのはどういうことなのか。

それに、第七王女は――アメリアを無人島に捨てた張本人なのだ。

チラリとアメリアを見ると、尻尾はピンと立ち、羽毛は逆立っていた。

アメリアは私とガルさんが発見していなければ、死んでいたかもしれない。そんな酷いことをしたお姫様の護衛をしなければならないなんて、酷すぎる。

「総隊長、一つよろしいでしょうか？」

話は終わっていないのにルードティンク隊長が挙手し、発言の許可を取る。

「ヘンリエッタ王女は、この鷹獅子《グリフォン》、アメリアの保護を放棄しました。世界的にも数が少ない貴重な幻獣が、命を落とす可能性があったのです。護衛対象がそういう相手だと、わかっていての決定だったのでしょうか?」

ルードティンク隊長は私達のモヤモヤした気持ちをきちんと言葉にして、総隊長に伝えてくれた。

普段、山賊っぽい行動や言動を繰り返しているけれど、こうしてきちんと隊員の気持ちを慮れる人なのだ。

嬉しくって、胸が熱くなる。アメリアも、尊敬の眼差しをルードティンク隊長に向けていた。

ただ、ルードティンク隊長の話はこれで終わりではなかった。

「鷹獅子《グリフォン》アメリアも、第二部隊の一員で、大切な仲間です。彼女を軽んじる者の護衛は――できません」

きっぱりと、ルードティンク隊長は言った。その発言に、この場にいた誰もがぎょっとした。

上層部の決定は絶対である。それに逆らうということは、処分を覚悟しているのだろう。

ルードティンク隊長の潔すぎる主張に、当事者であるアメリアでさえ戸惑っているようだった。

「お前達の気持ちは、きちんと理解しているつもりだ」

「わかっていて尚、命じるつもりだったということですか？」

「そういうことになる。そもそも、この任務を命じたのは、国王陛下だ」

「⁉」

驚きすぎて、絶句する。国王が騎士隊に直々の命令なんて、戦争時以外はありえないことだ。

「国王陛下は、幻獣アメリアを死に瀕す状態まで放置していたことに、心を痛めていたようだ」

何でも、冒険者が森で発見した幼体のアメリアを国王が個人的に取引して入手し、ヘンリエッタ王女に与えたのだとか。飼育する前に幻獣保護局の局長であるリヒテンベルガー侯爵に相談したところ、子どもに鷹獅子《グリフォン》の飼育は難しいから自分達に渡すようにと口論になったらしい。

国王に喧嘩を売りつけるリヒテンベルガー侯爵は強いというか、何というか。

国王陛下は幻獣保護局の忠告を聞かず、娘にアメリアを渡してしまった。

その後、ヘンリエッタ王女は飼育方法を間違え、アメリアを無人島に捨ててしまう。リヒテンベルガー侯爵の主張は正しかったのだろう。

そんなことがあったので、アメリアの捜索は幻獣保護局に頼まなかったようだ。その代わり、私達はとんでもない事件に巻き込まれてしまったわけだけど。

牢屋の中で食べた、薄いスープと石よりも硬いパンの味は忘れない……。

「陛下は、今一度、ヘンリエッタ王女に幻獣の認識を改めてほしいと望んでおられる」

「だから、護衛をしろと？」

「申し訳ないとは思っている。私達も、上の命令には逆らえないのだ」

「……」

ルードティンク隊長は凶悪な山賊顔で総隊長を睨んでいた。睨まれた総隊長は、額に汗を滲ませている。

王様の言うことは絶対だ。断ることなんて許されないだろう。

「俺達は、きちんと心には気持ちがある。国や国王の考えに賛同しているからこそ、命を懸けて戦っている。しかし、意に背いた命令には従えない。できたとしたらそれは騎士ではなく、遊戯盤の上にある駒と同じだ」

何だか泣きたくなった。ルードティンク隊長は、私達を、アメリアを守ってくれているのだ。

しかしそれも、若さゆえだろう。

第二部隊のみんなは、年若い。だから、ルードティンク隊長の考えに、賛同してしまう。

そうだろう？　と聞かれたら、違うと答える者は一人としていなかった。

私だって、アメリアを捨てたお姫様の護衛なんてできない。

しかし、ただ一人、異を唱える者がいた。

ルードティンク隊長と総隊長の間に割って入ってきたのは、アメリアだった。

『クエ、クエクエ、クエクエクエ』

アメリアはルードティンク隊長と総隊長の間に割って入り、訴える。

『クエクエ、クエクエクエクエ、クエクエ』

「アメリア……」

最後にバサァと、翼を広げた。純白の羽根が、はらりと一枚落ちる。

「おい、リスリス、アメリアがクエクエ言っているが、何を言っているのかまったくわからん」

「そ、そうでした」

アメリアの言葉を、通訳して伝えた。

「アメリアは、今回の任務を受けたいと言っています」

「何だと?」

「ヘンリエッタ王女のことは、アメリアも気にしていたようです。その……一度、化け物と言われたようで」

アメリアは再度ヘンリエッタ王女と会い、化け物ではないと証明したいのだとか。

「きっと、ヘンリエッタ王女も気にしているだろうと。再度会うことによって、互いに認識を改めたいようです」

「そうか……」

「私も、アメリアがそう言うのならば、任務に就きたいです」

しかし、最終的な判断はルードティンク隊長に任せる。他のみんなも、思いは同じようだった。

どうするのかと総隊長に聞かれたルードティンク隊長は、腕を組んで眉間に皺を寄せていた。

ぎゅっと目を閉じたあと、すぐにカッと見開く。どうすべきか、決まったようだ。

「生意気な口をきいて、申し訳ありませんでした。その任務を、引き受けます」

「そうか。そのように判断してくれて、感謝する」

総隊長は深々と頭を下げ、感謝の意を示す。そして、裏に馬と荷馬車を用意しているので今すぐ出発するようにと命じた。

＊

向かう先は、隣のノイヴァノヴァ国の第二の都市マキノール。そこで、王妃様主催のお茶会が開かれる。

ノイヴァノヴァとは、以前私が出会った我が国の第二王子の婚約者である王女様――シヨアラ姫の出身国だ。今回、二国間の友好のために、お茶会が開かれるようだ。我が国としても、重要な催しとなる。

ヘンリエッタ王女は王族の代表として、今回招待されたのだとか。

日程は移動三日、隣国での宿泊が四日、帰りの移動が三日の計十日だ。

集合場所に向かうと、馬車がズラリと並んでいた。十台以上連なっているのか。

「どこのお姫様の嫁入りよ……」

リーゼロッテがボソッと呟く。今回、アメリアを捨てたヘンリエッタ王女絡みの任務なので、すこぶる機嫌が悪い。

『クエクエ、クエ～』

そんなリーゼロッテをアメリアが優しく諭す。「イライラしていたら、可愛くないよ」と。

「そ、そうね。気を付けるわ」

リーゼロッテは頬をパン！　と叩き、気合いを入れ直していた。

出発前に、ヘンリエッタ王女による閲兵の儀式が行われるようだ。

広場に集められた騎士の数は、五十名ほどだろうか。その大半は、ヘンリエッタ王女の親衛隊である。

私達の制服とは明らかに素材が違う高価な服を纏い、ベルベットのマントをはためかせていた。

「リスリス衛生兵、ヘンリエッタ王女の親衛隊って、容姿問う、なんですかねえ」

隣に立ったウルガスがボソリと呟く。

言われてみたら、顔が整っている騎士ばかりだ。特に、隊長は巻き毛の銀髪が美しく、睫毛もビシバシと生えた美貌の男だ。何だろう、物語に出てきそうと言うべきか。ザラさんとは別方向の男前である。

「皆、国王の近衛騎士のように貴族の出なんですかね。俺、下町育ちなんで、劣等感がビシバシ刺激されます」

「ウルガスは、可愛さで彼らに勝っていますから、気にしなくてもいいかと」

「何ですか、可愛さって……？」

眉尻を下げて目をまんまるにしながら、私に問いかけてくる。そういうところだよと言いたい。

「そういえば、ザラさんも第一王女様の親衛隊に所属していたとか言っていたような」

「だったら、選抜の条件は容姿端麗なことなんですね」

ウルガスと共に、ザラさんを横目でみる。サラサラの金髪に切れ長の目、すっと通った鼻筋、手足の長い体型――うん、凄まじくキラキラ感がある。間違いなく、容姿端麗だ。

「アートさんって、正統派な男前ですよね」

「本当に」

そんな話をしていたが、突然トランペットの演奏が始まり、親衛隊は姿勢を正す。

「どうやら、お姫様がおでましのようだな」

ルードティンク隊長の物言いが、今から誘拐を行うような山賊じみた発言に聞こえるのは気のせいだろう。

ヘンリエッタ王女は栗色の髪に青い目の、可愛らしいお姫様だった。薄紅色のドレスをはためかせ、騎士達の前に立つ。

年齢は七歳だったか。さすが王族。落ち着いたものだ。

銀髪巻き毛の親衛隊の隊長が、ヘンリエッタ王女の前に片膝を突いた。

「よく集まってくれたわね。今回の旅路に、幸あらんことを」

用意されていた銅の剣の腹で肩を叩く。

ヘンリエッタ王女の近くにいた側近が、何やら耳打ちをしていた。私達のほうに視線が向く。

「エノク第二部隊、前に」

お姫様の命令も絶対だ。ぞろぞろと、前に出る。

「あ、あれは――？」

ヘンリエッタ王女はアメリアを見て慄く。どうやら、聞いていいなかったらしい。青い目をまんまるにしていた。

「王女様、あの鷹獅子《グリフォン》は無人島で保護し、契約者のメル・リスリスが立派に育てました」

「え、ええ、そう。ご苦労だったわね」

ヘンリエッタ王女の返答に、ルードティンク隊長の眉がピクリと跳ね上がる。その表情を見たヘンリエッタ王女は、「ひっ！」と軽い悲鳴を上げていた。

「ヘンリエッタ王女、何か？」

「い、いいえ！　何でもないわ！」

ルードティンク隊長に挑むようにビシッと指差ししたあと、尊大な様子で命じた。

「しっかり、守ってよね」

「御意《ぎょい》に」

こうして、やっとのことで出発となる。私達の主な仕事は、ヘンリエッタ王女の乗る馬車の周囲を護衛すること。長時間騎乗での移動となるので、気合いを入れて挑まなければならない。

「アメリア、頑張りましょうね」

『クエ！』

明るい返事だったので、ホッとする。アメリアは他の人ほどヘンリエッタ王女との因縁を気にしていないようだ。

『クエクエクエ、クエ』

逆に、肩の力が入りまくっているリーゼロッテを心配していた。

「何も起きなきゃいいですけれど」

『クエ～～』

と、言っていた傍から、問題が発生する。それは、出発して二時間ほど経ったあとの話だった。

馬車が止められ、何事かと思っていたら、中から叫び声が聞こえた。

「いや～～、お尻が痛いわ～～！」

長時間馬車に乗り慣れていないヘンリエッタ王女が、音を上げたようだ。ここで、一時間ほど休憩するという。

護衛や使用人達を締めだし、馬車の中で引きこもっているらしい。

「馬車の進む速さが遅くなっていたが、こういうことだったのか。クソ！」

ルードティンク隊長は一人ぼやく。語尾のクソは聞かなかったことにした。今の時間は街について食事をする予定だった。私のお腹もぐうっと鳴った。

「昼食にする。リスリス、何か用意しろ」

「わかりました」

　何かあってはいけないと、兵糧食はたくさん用意してきたのだ。

　朝からみんな嫌な気分になったので、食事だけでも贅沢をしよう。

　使うのは、シャルロットが作ってくれた巨大ベーコン。これを、薄く切り分ける。

　パンにチーズを挟んだあと、バターを惜しげもなく塗った。そのパンを、ベーコンで巻いてカリッカリになるまで焼くのだ。

「うわあ、リスリス衛生兵、それ、おいしそうですね。何というお料理ですか？」

「ウルガス、これは、『チーズパンのスペシャルベーコン巻き』ですよ」

　素手だと食べにくいので、皿の上に盛りつける。ナイフとフォークで切り分けながら食べるのだ。

　ルードティンク隊長は切り分けるのがめんどくさいと、貴族らしからぬ発言をした。仕方がないので、その辺に茂っていた葉っぱに包んで渡す。

「では、食べましょう！」

　フォークで押さえながらナイフを入れると、じゅわっと肉汁が溢れてくる。大安売りの日に、いつもよりいい猪豚《スース》の肉を買ったのだ。それを、シャルロットがおいしいベーコンにしてくれた。

　パンをフォークに刺して持ち上げると、チーズがみょ～んと伸びる。肉汁が滴らないうちに、パクリと食べた。

「んん～～！」

思わず、足をばたつかせたくなるようなおいしさだ。ルードティンク隊長は手掴みでバクバク食べている。お気に召したようだ。

「……何か、良い匂いがするわ」

ヘンリエッタ王女が、馬車から顔を出す。道端で火を熾し、食事をしている私達を見て驚いていた。

気になるのか、馬車から降りて恐る恐るといった感じで近寄って来る。

「あなた達、何をしているの？」

「食事ですが」

ウルガスのシンプルな答えに、目を剥いている。

「外で食事をするなんて、ありえないわ」

「でも、気持ちいいわよ」

ザラさんの言う通りだ。空には青空が広がり、柔らかな風が吹く。そんな中で食べる食事は、とってもおいしい。

「ヘンリエッタ王女、一つ、食べてみますか？」

「え？」

お皿を差し出した途端、ぐうっとお腹の音が鳴る。ヘンリエッタ王女は顔を真っ赤にして、お皿を受け取った。

「テーブルは？　椅子もないの？」

「ないです。膝に載せて食べてください」

「……」

ヘンリエッタ王女は抵抗があるような表情を浮かべていたが、またしてもお腹がぐう～っと鳴っていた。顔を真っ赤にさせ、それを隠すようにぺたんと地面に座った。お皿は膝の上に載せる。

どうやら、空腹には勝てないようだ。

ナイフでパンを一口大に切り分け、口元に運ぶ。

「なっ、このチーズ、どうしてこんなに伸びるの？」

「ナイフで切ってください」

ヘンリエッタ王女はもたもたとした手つきで、チーズを切ってパンを食べる。

「お、おいしい……」

頬を染めながらもぐもぐと食べてくれる。その横顔は、年齢相応の少女と同じように見えた。

あっという間に完食してくれたので、ひとまずホッとした。

その後、ヘンリエッタ王女は侍女さんが淹れた紅茶を飲んでいるようだ。今まで緊張していたのだろうか。表情は先ほどよりも柔らかくなっている。

私は荷物の中からクッションを取り出し、ヘンリエッタ王女に差し出した。

「これ、私がいつも馬車で使っているクッションなんです。よろしかったら、貸して差し上げます」

「クッションは試したわ。それでも、痛かったの」

「私も、任務の移動時に、お尻が痛くなって。それで、研究して作った特別なクッションなんです。騙されたと思って、試してください」

「まあ、そこまで言うのならば」

このクッションはアメリアの羽毛を百パーセント使った物で、馬車の衝撃を和らげてくれる。これのおかげで、かなり楽になったのだ。

ヘンリエッタ王女はクッションを抱き、馬車へと戻る。数分後、馬車は動き出した。

それから、一度も止まらずに休憩地まで移動できた。馬車が停まった途端、ヘンリエッタ王女が飛び出してくる。

「王女様、お待ちください！」

「護衛より前を歩くのは危険です！」

どうやら、相当なお転婆王女らしい。何を目指して飛び出したのかと思っていたが、私の前で急停止した。

「あなたのクッション、すごかったわ!!　ぜんぜん、お尻が痛くなかったの!!」

「良かったです」

「どこで買ったの？　私もほしいわ」

「あれは、私の手作りなんですよ」

「え!?」

「鷹獅子《グリフォン》アメリアの羽毛を使って作った、完全オリジナル商品です」

「鷹獅子《グリフォン》で……そう」

ヘンリエッタ王女は俯き、拳を握っていた。たぶん、アメリアの件で相当国王から怒られたのだろう。

しゃがみ込んで、ヘンリエッタ王女の顔を覗き込む。眦《まなじり》には、涙が浮かんでいた。

一度、アメリアのほうを見ると、コクンと頷いていた。アメリアはもう、怒っていないみたいなので、話を聞いてみることにした。

「ヘンリエッタ王女、鷹獅子《グリフォン》は、今も怖いですか？」

「そう……思っていたけれど、あなたと一緒にいる鷹獅子《グリフォン》は、とても、大人しくて……ぜんぜん、怖くないわ」

「そうですか。良かったです」

　続けて、質問する。

「なぜ、ヘンリエッタ王女は、鷹獅子《グリフォン》の保護を放棄したのでしょう？」

「私の言うことを聞かず、噛みつこうとしたから。幻獣は賢いって聞いていたから、命令は聞くと思ったの。でも、違った。絵本に出てきた鷹獅子《グリフォン》とは、かけ離れた存在だった。こんなの、魔物と同じだわって思って――」

　アメリアを残し、無人島を去ったと。

「幻獣は賢いということはたしかに正しいです。しかし、それが命令を聞くことには繋がりません」

「どうして？」

「幻獣との間に築かなければならないのは、上下関係ではなく、平等な関係です。人は幻獣を信じ、幻獣もまた人を信じる。そこに、絆が生まれるのです」

「だ、誰も、そんなこと、教えてくれなかった……。知っていたら、仲良くなれたかもしれないのに……」

　ヘンリエッタ王女は、幻獣に対する認識を間違っていたのだ。だから、幻獣保護局の活動は重要になるのだろう。これからも、迷惑をかけない程度に頑張ってほしい。

　しかし、リヒテンベルガー侯爵が国王陛下と喧嘩しなければ、こんな事態にならなかったのではと思わなくもない。

しかしまあ、相性の悪い相手はどうしてもいるわけで。

「わ、私、謝って、いいのかしら？　ご、ごめんなさいって言って、赦される、ことなの？」

アメリアのほうを見ると、伏せの姿勢を取る。ヘンリエッタ王女の謝罪を受けてくれるのだろう。

「ヘンリエッタ王女、アメリアは話を聞くようです」

「う、うん。わかったわ」

恐る恐るといった足取りで、アメリアのもとまで近づく。動きがぎこちなくて、油の切れかけたゼンマイ仕掛けの人形のようだと思った。

「――あっ、あの、私は、ヘンリエッタ。一度、自己紹介したの、覚えて、いる？」

『クエッ！』

「そ、そうね。あの時も、あなたは、クエッと言っていたわ」

ヘンリエッタ王女は胸に両手を置き、息を大きく吸い込んで吐き出す。小さな声で「よし」と言っていた。

腹を括ったようだ。

「わ、私、あなたに、謝らないといけないと、思って」

『クエ』

「む、無人島に、置き去りにして、ごっ、ごめん、なさい。わ、悪かったと、思っている、わ……」

それ以降は言葉にならず、ポロポロと涙を零す。

父親である国王に怒られ、ずっと、罪の意識に苛《さいな》まれていたのかもしれない。

知らなかっただけで、根っからの悪い子ではなかったのだ。今回、それを知ることができた。良かったと心から思う。

アメリアは翼を広げて嘴でちょいちょいと突いて羽根を取ると、ヘンリエッタ王女にそのまま差し出した。

「——え？」

「ヘンリエッタ王女様、それは、友好の証です。どうか、受け取ってもらえますか？」

ヘンリエッタ王女は恐る恐る手を伸ばし、アメリアの羽根を受け取った。

「あ、ありがと……。大事に、するから」

『クエ！』

「それから、幻獣についても、勉強するから。もう二度と、私は、間違わない」

ヘンリエッタ王女はアメリアの羽根を胸に当て、王女らしく膝を折る。そして、お付きの侍女さん達のところへと戻った。

アメリアとヘンリエッタ王女の確執は、これにて解決か。ついでに、リヒテンベルガー侯爵と国王陛下も仲直りしてほしい。

いい大人なので、難しいかもしれないけれど。素直になって、アメリアとヘンリエッタ王女を見習ってほしい。

と、ここで隣にいたリーゼロッテに気づく。

「リーゼロッテ？」

強く拳を握り、怒りで震わせているように見える。唇を噛みしめているのは、内なる感情を抑えているためか。

「あの、気持ちは、わかりますが……」

相手は七歳の少女だ。感情をそのままぶつけていい相手ではない。

「わたくしは、まだ、赦していないから。あのお姫様のせいで、アメリアは死にかけた、のに」

「……」

私だって、心の奥底はモヤモヤしている。けれど、この件は不問とするとアメリアが決めた。だから私は、それを決めた彼女の心に寄り添うしかない。

負の感情からは、負の感情しか生まれない。

だから、怒りを水に流せるのならば、さっぱりと手放したほうがいいのだ。

でも、そんなことが誰も彼もできるわけじゃない。だから、リーゼロッテには何も言わないことにした。

休憩後、馬車は進む。順調かと思われたが――。

『クエエ、クエックエ～～！』

上空を飛んでいたアメリアより、報告があった。魔物が接近していると。

「ルードティンク隊長、前方より、魔物の群れが来ているそうです！　数は六、牙が鋭い大型の鼠だそうです」

「たぶん、大牙鼠《ラットウス》だな。わかった」

ルードティンク隊長はすぐに指示を出す。

「総員、戦闘準備！　リスリスは親衛隊のほうにも報告しろ！」

「了解しました！」

銀髪で髪の毛がくるくるしている親衛隊の隊長に報告する。ルードティンク隊長達がいきなり前に出たので、何かを察しているようだ。

「どうした？」

「魔物です。おそらく大牙鼠《ラットウス》だろうと」

「了解した。報告を感謝する」

報告しただけで「感謝する」とか言われるなんて。そういえば、ルードティンク隊長から感謝の言葉なんて、一度もなかったと思う。何だろうか、この違いは。貴族の隊長と山賊の隊長の差だろう。

「君は下がっていなさい。背後は我が隊が守るから」

「は、はい」

守るから……だって！　これも、ルードティンク隊長から一度も言われたことはなかった。今まで、「ごらあ、邪魔だ、リスリスゥ！」とか、「いつまでそこにいる、リスリスゥ！」とか、巻き舌気味に除け者扱いされるばかりだった。

これも、貴族の隊長と、山賊の隊長の違いだろう。

その後、親衛隊の隊員も隊長の指示で数名前に出る。綺麗な顔をしたお兄さん達が、馬を駆って前線に向かって行った。

『クエクエ！』

戦闘が始まったらしいと、アメリアが教えてくれた。以下、アメリアの実況である。

『クエ、クエクエ、クエクエ！』

まず、全長一メトルほどの大牙鼠《ラットウス》が襲いかかってきたらしい。それを迎え撃つのは、ルードティンク隊長だ。魔剣スペルビアを引き抜き、馬上から大牙鼠《ラットウス》の脳天を叩き割ったのだとか。

剣を鈍器として使うなんて……さすがだ。

『クエクエ、クエクエクエ』

続いて小型で素早い大牙鼠《ラットウス》が飛びかかってくる。応じたのは、ベルリー副隊長とガルさんだ。

まず、ベルリー副隊長が魔双剣アワリティアで斬りかかり、怯んだ隙にガルさんが魔槍イラで心臓を一突き。あっという間に絶命した。

『クエクエクエ、クエクエ』

大牙鼠《ラットウス》が二匹同時に襲いかかってきたが、ザラさんが魔戦斧ルクスリアでなぎ倒す。地面に叩き落とされた大牙鼠《ラットウス》を、ウルガスが連射で仕留めた。

『クエックエクエ、クエ』

最後に残った二匹は逃げようとしたが、ルードティンク隊長はそれを許さない。「逃すかよ！　残さずぶっ殺してやる」と正規の騎士とは思えない物騒な言葉を吐きながら、執拗に追いかける。

ウルガスの矢で足止めして、二匹とも倒してしまった。

『クエクエ、クエ』

「な、なるほど」

親衛隊の精鋭が向かっていたようだが、出る幕はなかったようだ。男前親衛隊の面々はドン引きしながら、返り血上等な第二部隊の戦いを見ていたという。

　みんな無事なようで、ひとまず安堵した。その後、親衛隊の隊長がヘンリエッタ王女に報告する。

　魔物との戦闘と聞き、顔を青ざめさせていたが、第二遠征部隊が一瞬にして討伐してしまったと聞くと、強張っていた表情は和らいだ。しかし――。

「きゃあ‼」

　ヘンリエッタ王女が悲鳴をあげる。視線の先にいたのは、魔物の返り血を顔半分に浴びた山賊の姿だった。

「山賊よ！」

　ヘンリエッタ王女は叫ぶ。親衛隊も、突然の山賊の登場に警戒していた。しかし――。

『クエ、クエクエ』

　――みんな、気づいて！　あれは、ルードティンク隊長だよ！

　アメリアの指摘でハッとなる。山賊かと思っていたら、ルードティンク隊長だった。

「ヘンリエッタ王女様、大丈夫ですよ。あれは山賊ではなく、ルードティンク隊長です」

「え？」

「山賊ではありません」

　大切なことなので二回にわたって伝えてみた。

「山賊……じゃないのね」

「ええ、違いますよ。無害な山賊です。あ、いや、山賊ではありませんでした」

私の発言を聞いていたルードティンク隊長が、「てめえ、リスリス、覚えておけよ！」と叫ぶ。

ヘンリエッタ王女が怯えたのは言うまでもない。

せっかく山賊ではないと教えたのに、説得力がなくなってしまった。


そんなこんなで、一日目の移動は終わり、宿泊する街にたどり着いた。今日一日でいろいろあって、何だか疲れてしまった。

宿泊する宿は、王室御用達の高級宿。五階建てで、休憩室《ラウンジ》にはもふもふの赤絨毯と大きな水晶のシャンデリアがあった。

部屋は隊員一人につき一部屋用意され、荷物なども運んでくれるらしい。至れり尽くせりというやつだ。

本日の仕事は終わり。親衛隊の隊長より、解散を言い渡される。すかさず、ルードティンク隊長がみんなに声をかけた。

「よし、食堂に食事に行くぞ」

宿のレストランは落ち着かないというので、中央街にある大衆食堂に向かうらしい。

太陽は沈み、すっかり暗くなっている。ここは観光地のようで、どの店も煌々と灯りが点っていて営業中のようだった。

「メルちゃん、この街は、童話の街と言われているのよ」

「へえ、そうなのですね！」

言われてみたら、蔓が絡んだ赤煉瓦の家は可愛らしく、童話チックだ。ひょっこり、物語の登場人物が顔を出してもおかしくない。

ガルさんとスラちゃんは、街並みに溶け込んでいた。そういう私も妖精族《エルフ》なので、もれなく街並みとマッチしているのだけれど。

「ヘンリエッタ王女が喜ぶと思って、選んだそうよ」

「そうだったのですね」

成人すると、行動に制限がかかる。幼いうちから冒険させ、見聞を広げてほしい国王陛下の親心か。

そんな話をしながらたどり着いたのは、白亜の壁に青い屋根の食堂。夜なので全貌は把握できないが、きっと綺麗な建物なのだろう。店内に入ると、魔法使いの恰好をした店員が声をかけてくる。他の店員は騎士だったり、道化師だったり。仮装をして客の給仕をするお店らしい。

「いらっしゃいませ。九名様ですね」

アメリアとスラちゃんを、数に入れてくれるところが素晴らしい。数に入っていないと、アメリアが「え～～」みたいな不満そうな顔をすることがあるのだ。

奥のテーブルに案内され、ザラさんの隣に腰かける。

アメリアは空いている隙間に座った。

「葡萄酒を八、それと果物の盛り合わせと蜂蜜水《ミエレ》を頼む」

ルードティンク隊長が問答無用でお酒を頼む。まさか、スラちゃんの分までお酒だなんて。さすがに、アメリアは果物と蜂蜜水《ミエレ》だったけれど。

「ルードティンク隊長、お酒は一杯だけですよ」

「わかっている」

いつもだったら、みんなでお酒を飲むことなんて阻止する。けれど、今日は特別だ。なんせ、ルードティンク隊長はアメリアの心を守ってくれたのだ。野営しないでいいというのも、理由の一つであるけれど。

すぐにお酒が運ばれた。ルードティンク隊長が「今日一日ご苦労だった」と労ったあと、お酒に口を付ける。ピリッとした、辛口のお酒だった。

「そういえば、ルードティンク隊長、最初に任務は受けることはできないと言い切っていましたが、あれ、大丈夫だったのですか？」

「いや、普通にヤバイだろう。今だって、遠征部隊の総隊長が上層部に報告していたら、処分は逃れられないだろうな」

「で、ですよね」

そんな危険を冒してまで、ルードティンク隊長は「否」と言ってくれたのだ。

「もう、一生ルードティンク隊長についていて行こうと思いました」

「そうかい」

照れ隠しなのか、ルードティンク隊長はお酒をぐびぐびと一気に飲み干した。

「だったらリスリス、もう一杯飲んでもいいのか？」

「それとこれとは別です。お酒以外の飲み物で我慢してください」

お酒よりも、食事のほうが重要だろう。ルードティンク隊長に、メニューをずいっと差し出す。

「わっ、メニューが童話の世界です！」

「あら本当。可愛いわね」

童話を意識したメニューの書き方がされている。
・花畑の国のお姫様の微笑み定食
・火吹きドラゴンが守護する街の噴火祭り定食
・森の妖精の恵み定食

・湖の精霊の祝福の踊り定食
・光の勇者と魔王定食
・美しき女神と聖女の伝説定食
・日替わり童話定食
「――いや、これ、何が何だかわからないじゃないか」

現実の世界に生きる山賊には、このメニューの素敵さが理解できないのだろう。残念だ。

「でも、何が出てくるか楽しそうじゃない。せっかくだから、皆で違うものを頼みましょうよ。苦手な物があったら、交換すればいいし」

「いいですね」

ザラさんの提案に、賛同する。ルードティンク隊長も渋々と応じてくれた。そんなわけで、一種類ずつ頼むことにした。

――三十分後。

「お待たせいたしました、『森の妖精の恵み定食』でございます」

「メルちゃんの分ね」

森の妖精と私にぴったりな名前だったので、これにしたのだ。

「わあ、おいしそうですね」

森の妖精の恵み定食は、ゴロゴロ野菜たっぷりのスープに、山鳥の串焼き、蒸しサラダの三品だ。

続いて、二品目が運ばれてくる。

「続いて『火吹きドラゴンが守護する街の噴火祭り定食』でございます」

これは、何となく辛そうだと想像していた。辛い料理が好きらしい、ベルリー副隊長が担当する。

やはり、火吹き竜と噴火の言葉から想定するように、鶏モモ肉のピリ辛焼きに、溶岩スープ、野菜の唐辛子《ピマン》和えと辛い系の料理が並んでいる。全体的に、真っ赤な料理だ。

「これは、おいしそうだ」

ベルリー副隊長は目を輝かせている。辛い物好きとは知らなかった。今度、唐辛子《ピマン》系の調味料を作って、個人的にスープに追加できるように用意しておこう。

「こちらは『光の勇者と魔王定食』でございます」

「あ、俺です」

ウルガスは勇者に憧れるお年頃ということで、自ら選んだ。

真っ白い烏賊《セピア》と帆立貝《スカラプ》のソテーに、真っ黒い烏賊墨《セピア》のスープ、血のソーセージに聖剣を模した串が刺さっていた。白い料理と黒い料理で、勇者と魔王を表しているようだ。

「うわ、カッコイイ！」

ウルガスは気に入った模様。よかったね。

「続きまして、『花畑の国のお姫様の微笑み定食』のお客様は？」

「わたくしだわ」

幻獣の話になるとお花畑を駆けるお姫様のように朗らかになるリーゼロッテにぴったりだと、ザラさんが決めた。

料理は、花を模したオムライスに、花のスープ、花のサラダと、非常に童話チックだ。

「綺麗な料理ね」

リーゼロッテもお気に召した模様。

「次に、『美しき女神と聖女の伝説定食』でございます」

「あら、私のだわ」

第二部隊の女神と言ったらザラさんだろう。男性だけど。女神のような美貌を持ち、聖女のような優しさを併せ持つザラさんそのものを示すような定食だ。

内容は、果物とクリームを絡めた甘い麺に、森林檎《メーラ》の実のタルト、木苺《ルブス》のゼリー。

何とも女子力の高い料理の数々だ。

「続いて、『湖の精霊の祝福の踊り定食』でございます」

これはガルさんの分。湖や祝福といった静謐《せいひつ》な言葉が、ガルさんにぴったりだと満場一致で決まった。

料理は豆のポタージュに、白身魚のバター焼き、芋のおやき。

おやきの上に鰹節《ボニト》という、魚を乾燥させたものを薄くスライスしたものが載っている。あまりの薄さに、ゆらゆらと揺れるほどだ。これが、祝福の踊りを示しているのか。見た目も楽しい一品だ。

「最後になりました。『日替わり童話定食』でございます」

ルードティンク隊長の料理だ。これは、日替わりで違う料理を提供しているらしい。イチオシだというので、ルードティンク隊長が頼むようにみんなで譲ったのだ。

「本日の定食は、『大山賊物語』より、『大山賊定食』でございます」

大山賊物語……そんな物語があるのかと思うのと同時に、山賊料理がルードティンク隊長の目の前に運ばれて笑いそうになった。

大きな骨付き肉に、肉がドン！　と入ったスープ、新鮮な生肉の刺身と、肉尽くしだった。まさに、山賊が食べていそうな豪快な料理の数々である。

とてもおいしそうだけれど、ルードティンク隊長は険しい表情をしていた。

「クロウ、私のと、交換してあげようか？」

「お前、俺が甘いの苦手なの知っているだろうが」

「そうだったわね」

「だったらルードティンク隊長、私の、『森の妖精の恵み定食』を食べますか？」

「妖精なんたらって名前の料理なんか食えるか」

我儘だ。ザラさんはヤレヤレと首を振っている。

「ルードティンク隊長、俺の『光の勇者と魔王定食』にしますか？」

「はあ？　魔王とか勇者とか、ガキじゃあるまいし」

「で、ですよね」

ガキ呼ばわりされたウルガスだったが、気にしていないようだった。

続いて、ガルさんが『湖の精霊の祝福の踊り定食』を勧める。

「いや、それ、昨日実家に帰った時、似たような海鮮料理を食べたし」

ああ言えば、こう言う。

「わたくしは、交代するのイヤよ」

リーゼロッテは我が道を行く。『花畑の国のお姫様の微笑み定食』を気に入っているようだ。

「だったら、私の『火吹きドラゴンが守護する街の噴火祭り定食』にしますか？」

ベルリー副隊長の申し出に、ルードティンク隊長は引きつった顔を浮かべる。

「そ、そんな赤い食べ物、舌が馬鹿になるだろう」

どうやら、辛い物も苦手なようだ。繊細な若者である。

「クロウ、諦めて山賊定食を食べるしかないわね。名前が気に食わないだけで、料理自体は好きなものでしょう？」

「まあ」

「だったらいいじゃない」

そんなわけで、料理を食べることにした。

味については、正直あまり期待していなかった。雰囲気を楽しむタイプの店だと思っていたが、違った。おいしかったのだ。

ルードティンク隊長は骨付き肉の骨を手で掴み、そのまま肉にかぶりつく。その様子があまりにも様になっていて、山賊が出てくる物語を見ているような気持ちになった。同じように見えていたウルガスの肩が小刻みに揺れているけれど、笑ったら怒られるからね。

それにしても、ここは味だけでなくサービスもいい。

パンは食べ放題で、スープはおかわり自由。みんな、お腹いっぱいになるまで食べた。

しっかり料理を堪能したあと、店をあとにする。が、約一名、堪能し過ぎた人がいたようだ。

「ううっ、食べすぎました」

「ちょっとジュン、大丈夫？」

「い、胃がツキツキします」

ウルガスはパンを十二個も食べたようだ。おいしいパンだったので、ついつい食べすぎてしまったらしい。

ガルさんがおんぶしようかとしゃがみ込むが、ウルガスはさすがに悪いからと遠慮していた。

「ウルガス、宿に戻ったら、この薬草に湯を注いで飲んでください」

手渡したのは、乾燥させた林檎草《カモマイル》だ。

「林檎草《カモマイル》は消化機能を整え、消化促進効果があるのですよ」

「リスリス衛生兵、ありがとうございます。助かります」

「体を温かくして、ゆっくり休んでくださいね」

「うっ……はい」

まだお店は開いていた。雑貨を売る店には、リスの付いた吊り下げ紐など、童話チックな可愛い物が売られている。覗いてみたい気もするけれど、観光ではなく任務なのでぐっと我慢する。

部屋に戻った途端、疲労がぐっと押し寄せる。眠りたいけれど、お風呂に入らなければ。呼び鈴を鳴らして風呂場に湯を用意してもらう。アメリアが入れる大きさの浴槽はないので、濡れた手巾《ハンカチ》で体を拭き、精油を揉み込むだけで我慢してもらった。

お風呂に入り、髪を乾かしたあとは、泥のように眠った。

翌日。早朝から集合し、ヘンリエッタ王女を乗せた馬車は出発するようだ。

ヘンリエッタ王女が騎士達の前に立ち、ありがたいお言葉を喋っている。

リーゼロッテは、憎しみを込めた視線をヘンリエッタ王女に向けていた。まだまだ、赦せないようだ。

どうしたものか。そんなことを考えていたら、ザラさんが話しかけてくる。

「あら、メルちゃん、鞄が」

「え？」

何か異変があったのか。しゃがみ込んで、見てくれた。

「ごめんなさい、大丈夫だったわ」

「良かったです」

これから馬での移動なので、何ともないようでホッ。――と、思っていたら、鞄の端で小さな白いリスのぬいぐるみが揺れているのに気づいた。

「あ、これ！」

「メルちゃん、昨日見ていたでしょう？　欲しいのかなって」

「ほ、欲しかったんです！」

リスが木苺《ルブス》を抱いていて、とっても可愛かったのだ。まさか、ザラさんに見られていたなんて。嬉しいけれど、恥ずかしい。

「あ、ありがとうございます。大切にします」

「そんなふうに言ってくれると、嬉しいわ」

そんなやり取りをしていたら、ヘンリエッタ王女の話は終わっていた。すぐに、出発するようだ。

「メルちゃん、行きましょう」

「はい」

二日目の移動は、ヘンリエッタ王女の馬車は停まることなく進んでいく。

一日目と変わったことといえば、ヘンリエッタ王女が小休憩の間私達の所へ遊びに来るところか。

リーゼロッテのほうは、怖くて見ることができない。

ヘンリエッタ王女はアメリアのことが気になるようで、チラチラと窺っている。しかし、過去のことがあるので、気安く近づくことができないのだろう。

昨日アメリアがあげた羽根は、ヘンリエッタ王女の帽子に差さっていた。それを、見せたくてソワソワしているようだ。

「ヘンリエッタ王女、帽子、可愛いですね」

「そうでしょう？　昨日、アメリアからもらった羽根を、リボンに差してもらったの」

さすがアメリアの羽根と言いたい。品のある白い帽子に、白い羽根が非常に合っていたのだ。

「あのね、私の代わりに、ありがとうって、言っておいてくれる？」

「ヘンリエッタ王女様がご自分で言われてみては？」

「え、でも、私は嫌われているはずだわ」

「遠くからお礼を言うくらいならば、悪いようには思わないでしょう」

「だったら、お礼を、言いたい」

「一緒に行きましょう」

ヘンリエッタ王女と手を繋ぎ、アメリアから一メトル半ほど離れた位置に立つ。

アメリアと対峙したヘンリエッタ王女は、私の手をぎゅっと握りしめた。

一方で、何かを察したアメリアは、伏せの姿勢を取る。

「い、今なら、大丈夫よね？」

「ええ」

ヘンリエッタ王女は息を大きく吸い込んで、思いの丈をアメリアにぶつけた。

「アメリア、羽根、ありがとう。帽子が、とっても、とっても、素敵になったわ」

『クエクエ～』

アメリアは尻尾を振りながら、返事をする。

「い、今、何て言ったの?」

「良かったね、似合っているよって言っていました」

「そ、そう」

ヘンリエッタ王女は帽子を掴んでその場でくるりと回り、淑女の礼をしてこの場を去る。

その姿は、一人前の淑女に見えた。

＊

三日目。馬車移動で国境を越え、移動すること半日。やっとのことで、隣国ノイヴァノヴァの第二の都市マキノールに到着した。

そこには、街をくるりと覆う立派な城砦がある。三世紀ほど前に建てられたもので、国の重要文化財らしい。古き良き、歴史ある都のようだ。

ヘンリエッタ王女は、一日目は晩餐会に出席し、二日目は孤児院の慰問、三日目はお茶会、四日目は記念式典への出席と、予定がぎっしりと詰まっている。

それにしても、すごい。ヘンリエッタ王女は七歳の少女だが、参加する行事のすべては立派な公務だった。

「ルードティンク隊長、貴族の人って、こんなに小さい時から働いているのですか?」

「俺が七歳の時は、木登りをして、乳母から怒られていたな」

「案外普通の子ども時代だったと」

「そうだな。だが、王族は特別だ」

生まれた時から何もかも手に入れているように見えて、実際は違うらしい。

幼少時から厳しい教育と、貴人としての義務を身に付け、国民のために朝から晩まで奔走する。それが、王族なのだとか。

「大変なんですね～」

「よかったな、王族に生まれなくって」

「本当に」

「それはそうと、お前はこれからどうするんだ？」

「もちろん、遊びます」

私達は四日間、自由行動となる。ヘンリエッタ王女の護衛は、親衛隊だけで十分なのだろう。

と、いうわけで、自由だ～～！　城のあるほうを怖い顔で睨んでいるリーゼロッテの腕を取った。

「リーゼロッテ！　お買い物に行きましょう！」

「え、お買い物？　わたくし、そういう気分じゃないの。それに、アメリアはどうするの？　こんな人混みでは、連れていけないわよ」

「ガルさんのところで遊んでもらうことにしました」

「……」

「行きましょうよ、ね？」

何だか思い詰めているように見えたのだ。ヘンリエッタ王女を赦すことができない自分に苛立っているような。

こういう時は、気分転換が必要なのだ。だから、パアッとお買い物をして、憂さ晴らしをするに限る。

「書店とか、もしかしたら幻獣関係の資料があるかもしれませんよ」

「幻獣の、資料……！」

「雑貨屋には、竜のぬいぐるみがあるかもしれませんし」

「竜の、ぬいぐるみ……！」

マキノールの街には、最強の幻獣竜の伝説がいくつか残っている。近くにある遺跡も人気の観光地であるのだ。

怒気が籠っていただけの瞳が、キラキラと輝いていく。リーゼロッテはこうでなくては。

「行きましょう！」

「えっ、ちょっと、メル！」

リーゼロッテの手を握り、走り出す。今はとにかく、楽しむことが一番なのだ。

一軒目は、書店。竜の伝承がある街だからだろうか。幻獣の関連書籍の扱いは多いようだ。本棚の左右一列が、すべて幻獣関係の書物のようだ。

幻獣の本を見たリーゼロッテの機嫌は一瞬で回復した。次々と、書物を手に取って購入を決める。

店員さんが手伝いを申し出たが、瞬く間に視界を遮るほどの本を手渡していた。

「お、お客様、ちょっと、本を置いてきますね」

「あら、ごめんなさい」

侯爵令嬢たるリーゼロッテは、いつも大勢のお付きを連れているらしいので、その感覚で本を渡してしまったのだろう。

結局、五十冊以上の本を購入するようだ。もちろん、持ち帰るのではなく、配送してもらうらしい。

「メル、鷹獅子《グリフォン》についての研究書もあったから、貸してあげるわね」

「ありがとうございます」

続いて、雑貨屋に向かう。

「あら、メルのリス、可愛いわね」

「ザラさんに貰ったんですよ」

「それ、幻獣よ。白栗鼠《スクイラル》っていうの。白栗鼠《スクイラル》のお菓子屋さんって童話、知らない？」

「あ、何か読んだことあるような」

「有名な物語なのよ」

なるほど。ただのリスではなかったようだ。勉強になった。

「あ、ここですね」

観光地図に載っていた雑貨屋は、三階建ての大きな店舗である。中に入ると女性客がたくさんいて、楽しそうに商品を選んでいた。

「お父様にお土産でも買おうかしら」

「喜ぶと思いますよ」

幻獣保護局の局長でもあるリヒテンベルガー侯爵は、きっと娘同様に幻獣関連の品物がいいのだろう。

店員さんに話を聞いてみる。

「すみません、幻獣関連の雑貨ってありますか？」

「二階の右側の売り場すべて、幻獣関連の商品がございます」

「そうでしたか。ありがとうございます」

さっそく、売り場を目指して二階に上がった。

「こ、これは――」

幻獣というのは、竜のことだった。竜に関する雑貨が、大量に並べられている。

「お、大きな、竜のぬいぐるみがあるわ！」

それは、全長二メトルほどの巨大ぬいぐるみだった。本物の十分の一の大きさらしい。

「こ、これが、竜？」

トカゲみたいな顔は童話とかに出てくる竜そのものだけれど、首回りとお腹にもふもふとした白い毛が生えている。全身鱗だと思い込んでいたので、驚きだ。

「リーゼロッテ、竜って、体毛があるのですか？」

「ええ。何でも、吹雪の中、冷え切った勇者の体を温めたそうよ」

「へえ」

「正式名称は『モーティアルフリュケット』というのだけれど、街の人は略してもふ竜と言っているらしいわ」

「も、もふ竜」

マキノールでは、このもふ竜を使った商品が大人気らしい。

「名物は、もふ竜まんじゅう。もふ竜の姿を模していて、木苺《ルブス》のソースが入っていて、おいしいらしいわ」

「食べたら真っ赤なソースが出てくるって、けっこう怖いですね」

「竜の血を飲むと、健康になれるって噂があるの。それに所以《ゆえん》しているらしいわ」

「なるほど。ただおいしいから木苺《ルブス》のソースを使っているわけじゃないと」

「ええ。もふ竜まんじゅうを食べたら、一年間健康でいられると言われているとか」

「そうなんですね～」

リーゼロッテの熱弁を聞いていたら、いつの間にか人だかりができている。どうやら、もふ竜についての話を聞いていたらしい。

「お嬢ちゃん、詳しいねえ」

「この街の竜にそういう謂《いわ》れがあることを、知らなかったわ」

「帰りに、もふ竜まんじゅうを食べて帰ることにしたわ」

口々に褒められ、リーゼロッテは満更でもない表情でいる。思いがけず、幻獣の布教に成功したようだ。

「それでリーゼロッテ、侯爵様のお土産は？」

「そうだったわ！」

満足して帰りそうな雰囲気だったので、指摘させていただいた。

「もう、この大きなもふ竜のぬいぐるみでいいかしら」

「え、これを侯爵様に渡すのですか？」

「ええ。お父様、可愛いもの好きだから」

微妙に、その疑惑はあった。幻獣ではないが見た目は可愛い妖精であるアルブムと契約した点が、気になっていたのだ。

リヒテンベルガー侯爵家は広いので、この巨大もふ竜を置く部屋もあるだろう。

お腹の白い毛に埋もれたら、一日の疲れも吹き飛びそうだ。忙しいリヒテンベルガー侯爵には必要な物かもしれない。

「いいかもしれないですね」

「でしょう？」

そんなわけで、リーゼロッテは巨大もふ竜のぬいぐるみを購入した。私はリーゼロッテ、アメリアとお揃いで、もふ竜の手巾《ハンカチ》を買った。

宿までの道のりを歩いていたら、突然リーゼロッテがお礼を言ってくる。

「メル、ありがとう」

「何のお礼ですか？」

「わかっている癖に。わたくしが落ち込んでいたから、こうしてお買い物に連れ出してくれたのでしょう？」

「それは、そうですが。すみません、途中から目的を忘れて楽しんでいました」

「そう。でも、ありがとう。気分転換になったし、気持ちの整理もできた」

リーゼロッテは今回の件について、今の自分が以前の私と同じ立場であることに気づいたのだと話す。

「メルは以前、アメリアの関係で、幻獣保護局に酷い目に遭わされて……」

「ありましたね。そんなことが」

「メルは、赦してくれないと思っていたけれど、結局は赦してくれた。それから、わたくしをこうして、友達にしてくれたわ」

「それは、リーゼロッテや侯爵様が、きちんと反省し、誠意を見せてくれたからですよ」

「ええ。もう、二度とあってはならないことだと、思っていたわ」

リーゼロッテは冷静になって考えたらしい。今のヘンリエッタ王女も、アメリアへの行いを反省し、誠意を見せている最中だろうと。

「だから、怒っているばかりではダメだと、思ったの」

「そうですね。可能ならば、リーゼロッテには、笑顔であってほしいです」

リーゼロッテは泣きだしそうな表情を向ける。

「今も、赦すべきではないというわたくしと、赦すべきだというわたくしがせめぎ合っているわ。でも、赦さなかったら、わたくしはこのまま、憎しみだけを心に抱くことになるの。それは、何だかイヤだと思って」

リーゼロッテは前を向き、強い目で決意を語った。

「わたくし、ヘンリエッタ王女を赦すわ」

「そうですか。それが、いいですよ。きっと」

勇気のいる決断だっただろう。

私は一歩大人になったリーゼロッテの背中を優しく撫でた。


本日宿泊する宿に戻ると、親衛隊の一角馬《モノケロス》が描かれた馬車が停まっていた。

「あれ、これってもしかして？」

「ヘンリエッタ王女の馬車ね」

ルードティンク隊長に会いに来たのか。宿の中に入ると、銀髪巻き毛の隊長が大股で私のもとへとやって来た。

「お待ちしておりました、リスリス衛生兵殿」

「へ⁉」

リーゼロッテと別れ、宿の狭い休憩所《ラウンジ》に、連れて行かれる。その先に、ヘンリエッタ王女がちょこんと座っていたのだ。

「メル！　良かったわ！　デートに行って、戻ってくるのは夜遅くかと思っていたのよ」

「デ、デデッ、デート⁉」

「あの金髪のお兄さんと行っていたのでしょう？」

「ち、違います！」

リーゼロッテと一緒だったこと、お揃いの手巾《ハンカチ》を買ったことなどをこと細かに説明した。

「いいわね、友達とお買い物だなんて。私は、教育係にダメだと言われて」

「あ、すみません」

「いいえ、こちらこそ、ごめんなさい」

銀髪巻き毛隊長が、ゴホンと咳払いをする。

「あ、えっと、私、あなたに相談があって」

「相談ですか?」

「ええ。教育係には内緒で来たから、手短に話したいのだけれど」

部屋に移動している時間もないようなので、休憩所で話を聞くことにした。

「私がわかることならいいのですが……」

「あなたなら、きっと知っていると思うわ」

「何でしょう?」

「あの、王妃様のお茶会で、一人、一人、おもてなしをすることになっていたの」

「おもてなし、ですか」

「私はてっきり、国から持ち込んだお菓子でいいと思っていたの」

「それが、違ったと」

ヘンリエッタ王女は涙目でコクンと頷いた。

「私が、招待状をよく読んでいなくて……おもてなしは、自分の手で作り出すことと書かれていたの」

「つまり、お菓子を出す場合は、手作りでないといけないというわけですね」

「ええ、そう」

ヘンリエッタ王女は私が料理をしているところを見ていたので、お菓子作りができるのではと思っていたらしい。

「でも、侍女さんとかも、お菓子作りはできますよね？」

「聞いたわ。聞いたけれど、みんな、難しいお菓子の作り方ばかり教えるの。でも、あなたは短い休憩時間で、簡単に料理を作っていたでしょう？　そんなお菓子を知らないかと思って」

「な、なるほど」

七歳であるヘンリエッタ王女は手順が複雑なお菓子は作れない。だから、その辺でちゃっちゃと料理していた私にお菓子作りの技術を習いにきたと。

「私、嘘が下手だから、侍女が作ったお菓子を持って行っても、必ずバレると思うの。だから、絶対に自分で作る必要があって……お願い！　頼れるのは、あなたしかいなくて……」

いきなり言われても、困る。基本的に、お菓子はちゃっちゃと作れない。きちんと分量を量って、手順を守って、やっとおいしいお菓子が作れるのだ。

簡単なお菓子がないかと聞かれても、すぐには思いつかない。

「う～～ん」

ここで、親衛隊の騎士の一人が紅茶と茶菓子を持ってくる。柑橘の浮かんだお茶と、メレンゲ焼きだ。

ひとます、メレンゲ焼きを食べる。甘くて、サクッシュワ～な食感が楽しく、とってもおいしい。品のある味だ。紅茶を飲んだあと、ハッとなる。

「あ、そうだ！」

「メレンゲ焼きはダメよ。さっき侍女に聞いて、作らせたのがコレ！　難しかったわ」

「いえ、違うんです。これに似たお菓子があって、カルメ焼きといいまして」

「カルメ焼き？」

「はい」

魔術医の先生が、空腹を訴える私に作り方を教えてくれたのだ。ちょっといい砂糖を使うので、家では作ったことはないけれど。

「メレンゲ焼きみたいにサクサクしていて、おいしいんですよ」

「そ、そうなの？　だったら、習おうかしら」

カルメ焼きはシンプルだけど、焼きたてアツアツはおいしい。

「あ、そうだ！　調理の様子が面白いので、王妃様の前で作るのはどうですか？」

「え、お菓子を王妃様の前で作るの？　絶対無理よ！」

「できますよ。コツを掴んだら簡単なんです」

「で、でも……」

「やってみましょう！」

簡単にできるお菓子といったら、カルメ焼きしか知らない。ヘンリエッタ王女には頑張ってもらわなければ。

これ以上、ここの宿にはいられないというので、私はヘンリエッタ王女が滞在する宮殿に移動することになった。

一応、宿から外出することをルードティンク隊長に伝えておく。宿の食堂で、ザラさんとベルリー副隊長と共にお酒を飲んでいたようだ。真っ赤な顔で「おう、行ってこい」と軽く返される。まあ、ベルリー副隊長やザラさんもいるので、大丈夫だろう。

「メルちゃん、宮殿は女の戦場だから、気をつけてね」

「え、ええ。わかりました」

アメリアにも事情を説明したら、ガルさんの部屋で寛いだ姿で「いってらっしゃ～い」と言っていた。

リーゼロッテにも報告にいったら、「わたくしも行くわ！」と言うので一緒に行くことにした。

荷物をまとめ、宿を出る。

ザラさん曰く、女の戦場である宮殿へと馬車で向かったのだった。

＊

時計塔の鐘が七回鳴らされる。夕食の時間だ。同時に、馬車が離宮に到着した。

王族が生活する王宮の一角にある離宮『リリー・パレ』は貴賓用に造られた物らしい。

それはそれは、美しい建築物みたいだけれど、夜なのでまったく見えない。

「薔薇《ローゼ》の庭園もあるのだけれど」

「見えないですね」

庭の見学は、明日の楽しみだろう。

リリー・パレに到着した瞬間、目を吊り上げた女性が走って来る。

「あれ、私の教育係。レオンティーヌ夫人。とっても怖いの」

レオンティーヌ夫人は五十代くらいだろうか？　白髪交じりの髪をきっちりと結い上げ、丸いレンズの眼鏡をかけている。目は細く、鷲鼻で、物語に出てくる魔女のような風貌だ。

そんなレオンティーヌ夫人が、ずんずんと大股で近づいて来る。

親衛隊のお兄さん達がヘンリエッタ王女を守るように立つが、あっさりと突き飛ばされてしまった。まったく役に立たない護衛である。

騎士は基本、すべての弱き者の味方。特に、女性に手を上げないことを信条としているので、仕方がないのかもしれないけれど。

レオンティーヌ夫人は目を吊り上げ、ものすごい迫力で怒りだす。

「ヘンリエッタ王女、あなたは、どこに行っていたのですかっ!!」

「ちょっとそこまで。護衛と一緒だったのよ」

「招待されて、王妃様に挨拶もしていないのに、出かける人がありますか!」

「ごめんなさい。反省しているわ」

「ヘンリエッタ王女の反省している、は聞き飽きました!」

「なんて言えばいいのかしら?」

「言葉がほしいのではありません。行動を、慎んでほしいのです」

「あら、もうすぐ晩餐会の準備をしなければいけないんじゃない?」

レオンティーヌ夫人は顔を真っ赤にしながら、「わかっています!」と叫んでいた。

まあ、何だ。ヘンリエッタ王女は国の代表としてきているので、教育係としては気が気ではないだろう。

自由奔放なヘンリエッタ王女の教育係を務めるのは、並大抵のことではない。心の中で応援してしまった。

私達は、遠征部隊の制服で宮殿内をうろつくわけにはいかないので、侍女さんが私物のドレスを貸してくれるらしい。

お風呂に入ったあと、リーゼロッテと共に喜び勇んで着替えに行ったが――。

「ご、ごめんなさいね、リスリスさんに合う寸法がなくって」

「……」

私の体に合うドレスを持っている人は、一人もいなかった。

スカートの丈が合っていても、胸がきつい。

胸が合っていても、スカートの丈が長い。

どうしてこうなったのだと、頭を抱えるばかりであった。

代わりに、メイド服を貸してもらった。どうせ料理をするので、この恰好が正解なのかもしれない。そういうことにしておく。

夕食は侍女さん達と食べた。全員、貴族のご令嬢で、花嫁修業のために働いているらしい。

騎士隊で働いているリーゼロッテのことを、みんなすごい、すごいと言っていた。褒められたリーゼロッテは、満更でもない様子でいる。

二時間半後、ヘンリエッタ王女が戻ってきた。疲れたようで、半分寝かかっている。それでも、今日から料理をしたいと言いだした。

「明日からでもいいのではないでしょうか？」

「いいえ、今日からしたいの」

一度言いだしたら、聞かないのだろう。果たして、どうしたものか。

「ヘンリエッタ王女様、今日はお休みすべきです」

「え？」

ヘンリエッタ王女の漲《みなぎ》るやる気に水を差したのは、リーゼロッテだった。

「どうして？　私は、まだまだ頑張れるわ」

「まだまだ頑張れるって、精神論ですよね？」

「せ、精神論？」

「本当は疲れて休みたいのに、気力で何とかしようとしているのかと」

「ち、違うわ。私は、元気……ふわあ」

欠伸《あくび》をかみ殺すことができなかったようだ。ヘンリエッタ王女はパッと口元を覆う。

リーゼロッテが指摘したように、ヘンリエッタ王女は疲れているけれど気合いで何とかしようと思っているようだ。

そんな状態では、とても料理なんて教えられない。

「ヘンリエッタ王女、料理は、火を使います。危険を伴うのです」

「大丈夫よ」

「いいえ、意識が散漫な状態では、料理はおいしく仕上がらないのです」

「え、そ、そうなの？」

「ええ。だから、今日はお休みになって、明日、頑張りましょう。一晩眠ったら、きっと、おいしい料理ができるはずですよ」

「そこまで言うのであれば、今日はもう眠るわ」

そして、ヘンリエッタ王女は親衛隊や侍女達を指差し、宣言する。

「あなた達も、もう休みなさい。私は、眠るわ」

ヘンリエッタ王女は淑女の礼をすると、部屋から去っていった。リーゼロッテと二人、安堵し合う。

私達も疲れたので、眠ることにした。


翌日。リーゼロッテと共に囲んだ豪勢な朝食を前に、思わずため息が出る。

卵置き《エッグスタンド》に置かれたゆで卵にパン、豆のポタージュに、オムレツ、ベーコン。どれもおいしそうだ。

丸いパンは表面をカリッと焼き、十字の切り込みがなされている。中心にはバターが落とされ、じわじわと溶けていた。太陽の光を浴び、バターの照りが黄金色に輝く。パンを千切ると、溶けたバターが滴る。もったいないと思い、素早く口に運んだ。

パンを噛んだら、バターがじゅわっと溢れる。おいしすぎて、深いため息を吐いてしまった。

ポタージュは丁寧に濾《こ》してあるからか、口当たりはなめらか。濃厚で、深いコクがある。

オムレツは卵がとろとろふわふわ。口に含むと、舌の上で溶けてなくなる。

卵料理はこれだけではない。ゆで卵があるのだ。普通の宿だったら、ゆで卵かオムレツのどちらか一つを選ばなければならないだろう。しかし、今日はどちらとも食べられるのだ。何て贅沢な！

ゆで卵に手を伸ばそうとしたが、何か食べ方があるような気がする。フォレ・エルフの野生の勘が働いてしまった。

ちょうどリーゼロッテが食べようとしていたので、観察してみる。

まず、リーゼロッテはスプーンを手に取った。その後、卵の殻をスプーンでトントンと叩いて割っていた。

ゆで卵の上部にある殻を割って剥ぎ、塩を振る。そこから別のスプーンを使い掬って食べる。

一連の流れはとても優雅だった。ゆで卵は剥いて食べるのではなく、掬って食べる。なるほど。勉強になった。

私もリーゼロッテの真似をして、スプーンでコンコンと叩いてみたが、思うように割れない。苦戦していたら、給仕のお兄さんがやってきて、ナイフで殻の上部を削いでくれた。

「あ、ありがとうございます」

お礼を言ったら、にっこりと笑顔を返してくれた。

卵に塩を振って、スプーンで掬う。卵は、半熟だった。それは、上品なソースのよう。

リーゼロッテが千切ったパンを浸していたので、真似をする。

バターがしみ込んだパンに、黄身のソースがよく合う。信じられないくらい、おいしかった。

肉汁滴るベーコンに、食後の甘味の木苺《ルブス》のムースも絶品。

満腹だ～～。


「メル！　カルメ焼きの作り方、教えてくれる？」

朝から気合いたっぷりなヘンリエッタ王女は、料理を習うためにやって来る。

「う……はい」

朝食を食べすぎて、苦しんでいるところだった。

「今日はお昼過ぎから慰問をする予定だから、早く」

「了解デス」

ヘンリエッタ王女、リーゼロッテと共に厨房へと移動した。

「では、カルメ焼きの作り方を教えますね」

「はい！　メル先生、よろしくお願いいたします」

「メル先生って？」

「先生でしょう？」

すごく簡単なお菓子なので、先生と呼ばれるのはおこがましいような気も。まあいいか。

「材料は、砂糖、水、ふくらし粉、以上です」

「え、それだけなの？」

「そうなんですよ。しかも、使う調理器具も、スプーンとおたまだけです」

「え⁉」

本当に簡単なので、作り方を説明する前に、作って見せることにした。

材料は、砂糖大匙一、水大匙一、ふくらし粉一つまみ。

まず、おたまに砂糖と水を入れ、混ぜたあと火にかける。しばらくするとふつふつと泡が出るので、そうなったら火から下ろす。

そこに、ふくらし粉を入れて、百回くらいぐるぐるとかき混ぜるのだ。すると、ぷく～～っと膨らんでくる。

「わあ！」

ヘンリエッタ王女は目をキラキラさせながらカルメ焼きに身を乗り出す。その背後で、リーゼロッテも同じ目で見ていたので、ちょっと笑いそうになった。

完成したあと、おたまの底を熱するとカルメ焼きが取れやすくなる。半分に割って、ヘンリエッタ王女とリーゼロッテに渡す。

「砂糖と水しか使っていないので、劇的においしい料理ではありませんが」

期待値が跳ねあがったらいけないので、一応言っておく。けれど、ヘンリエッタ王女は一口食べた瞬間、頬を緩ませていた。

「サクサクしていて、温かくて、おいしいわ」

「良かったです」

どうやら、お気に召していただけたようだ。リーゼロッテも、完食していた。何も言わないということは、お口に合ったのだろう。

「メル、あなたって魔法が使えるのね！」

「ま、魔法ですか？」

「だって、こんなに簡単においしいお菓子を作ってしまうんですもの！」

「あ、ありがとうございます」

何だか、照れ臭くなる。同時に、嬉しくなって、心が温かくなった。

「ヘンリエッタ王女様、この魔法は、誰でも習得できるのですよ。今度は説明しながら作ってみますね」

「ええ、お願い」

ヘンリエッタ王女とリーゼロッテは、食い入るようにカルメ焼きの作り方を見てくれた。

「――という感じです」

「で、できるかしら？」

「やってみましょう」

ヘンリエッタ王女が調理台の前に立つと、周りを取り囲むように侍女さん達が集まってくる。危険がないように、見守りたいのだろう。

「まずは、砂糖を一杯、おたまに入れるのね」

「はい」

匙を握った手がふるふると震えている。その間、侍女さん達は息を殺しているように見える。

ヘンリエッタ王女がおたまに砂糖を零さずに入れた瞬間、大きく息を吐きだしていた。

「次に、水が、一杯……」

ヘンリエッタ王女が水に手を伸ばした瞬間、おたまの砂糖を零してしまった。

「あああっ！」

すぐに、侍女さん達が手を伸ばしたが、ヘンリエッタ王女は「手を出さないで！」と言って行動を制する。

「私が、一人でするの。あなた達は、手伝わなくってもいいわ」

毅然と言う様子に、侍女さん達は感動しているようだった。その間に、リーゼロッテは砂糖と水を量り、順番待ちをしている。最初にするのはヘンリエッタ王女に譲るらしい。

何とか二回目、砂糖と水をおたまに入れたあと、火にかける。

「えっ、わっ、きゃあ！」

沸騰したおたまを、慌てて脇に避け、匙一杯のふくらし粉を入れた。

「あ、ヘンリエッタ王女様、ふくらし粉は一つまみでいいのですよ」

「え、やだ！」

混ぜていたら、おたまの中のものがもこもこと膨らんで、大変な事態となる。最終的に、萎んだ塊が完成した。

「あ、味は、おいしいかもしれないし」

「あ！」

止めようとしたが、時は遅し。ヘンリエッタ王女は失敗作のカルメ焼きを食べ、すぐに吐き出した。

「に、苦い！」

「ふくらし粉には、苦みがあるのです。匙一杯となったら、かなり苦いかと」

「うう〜〜！」

続いて、ヘンリエッタ王女の失敗を見守っていたリーゼロッテが挑戦する。

沸騰する前に火から下ろし、ふくらし粉も一つまみ入れていた。額に汗を浮かべながらくるくるとかき混ぜると、ふわふわと膨らんでいく――が。

「あら？」

リーゼロッテの作ったカルメ焼きは、萎んでいった。

「ど、どうして？」

「混ぜる時、力を入れ過ぎていたのかもしれないですね」

「そ、そんな！」

その後、ヘンリエッタ王女とリーゼロッテは競うように、カルメ焼き作りに精を出す。

途中からコツを掴んだのか、上手に作れるようになった。

二人はすっかりカルメ焼き作りにハマってしまい、山のようなカルメ焼きが完成する。

親衛隊のお兄さん達や侍女さん達はたくさん試食を強いられ、もう食べられないと言っている。

「……これ、孤児院に持って行くわ」

「それがいいですね」

カルメ焼きの作り方も覚えたようなので、私はお役御免か。そう思っていたが、腕を掴まれた上に引き留められる。

「ねえ、メル、怖いから、お茶会の当日、傍にいて！」

「え？」

「リーゼロッテも！」

「わ、わたくしも？」

「お願い！」

必死の形相で頼み込まれ、結局、もう一日宮殿に滞在することにした。第二部隊のみんながいる宿には、明日に帰るという知らせを届けた。

そんなわけで、もう少しだけこの贅沢な離宮で過ごせることになった。


三日目。お茶会当日となる。

お転婆で元気いっぱいなヘンリエッタ王女であったが、極度の緊張でガクブルと震えていた。

「あ、あの、大丈夫ですか？」

「え、あ、大丈夫よ。大丈夫。きっと」

声は上ずっているし、額には汗を浮かべている。その上挙動不審だった。

レオンティーヌ夫人が一国の王女らしく、しゃんとするようにと言っていたが、ヘンリエッタ王女はまだ七歳だ。公務の重圧に、耐えられる年齢ではない。

このままではいけないだろう。私はリーゼロッテと共に厨房へ移動し、茶葉の入った棚を探る。

「あ、あった」

「メル、それは？」

「林檎草《カモマイル》と薫衣草《ラバンダ》のブレンド茶です。緊張を解す効果があるのですよ」

紅茶として淹れたあと、飲みやすいように森林檎《メーラ》の実のジュースと割ったものを作った。

それを、ヘンリエッタ王女へ持って行く。相変わらず、緊張は解れていないようだった。

今必要なのは励ましの言葉ではなく、内なる自信を引き出すことだろう。

「ヘンリエッタ王女、魔法のジュースをお持ちしました」

「魔法のジュースですって？」

「はい。飲んだら、最強の王女になれるのです」

「最強の、王女……？」

「美しく、気高く、優しい王女様になれますよ」

「だったら、いただこうかしら」

一口飲んだあと、ホッとしたような表情を見せていた。そのあと、ごくごくと飲み干す。

「ありがとう、メル。おいしかったわ」

「良かったです」

「それに、最強の王女になった気がする」

「ええ。ヘンリエッタ王女様は、最強の王女です」

こうして、自信を取り戻したヘンリエッタ王女は、王妃様のお茶会に挑む。

＊

離宮から、王妃様が滞在する宮殿に馬車で移動する。何だか、私まで緊張してきた。

リーゼロッテは慣れているのか、堂々としていた。

ヘンリエッタ王女は、先ほどからカルメ焼きの作り方をぶつぶつと呟いている。

あっという間に到着し、馬車から降りた。

私とリーゼロッテは、親衛隊の騎士達のあとに続く。大広間には長いテーブルが置かれ、そこには二十名ほどの年若い少女から妙齢の貴婦人が腰かけていた。ヘンリエッタ王女は、最後だったようだ。

「ごきげんよう」

ヘンリエッタ王女は堂々たるふるまいで、挨拶していた。先ほどまで、ガクブルと震えていた少女には見えない。王妃様らしい貫禄のある女性の前で立ち止まり、淑女の礼をした。

「王妃様、本日はお茶会にお招きいただき、感謝しております。この日を楽しみに、滞在しておりました」

王妃様は苦しゅうないとばかりに扇を扇ぎ、ヘンリエッタ王女を歓迎していた。

「あなたの、とっておきのもてなしを、楽しみにしているわね」

王妃様ったら、容赦なく圧力をかける。対するヘンリエッタ王女は、本番に強いタイプなのか、大丈夫そうに見えた。

参加者たちは、次々と王妃へもてなしの一品を披露していた。

クッキーに、チョコレートのケーキ、紅茶のスコーンに、チーズタルト。

お嬢様方が本当に作ったのか怪しい、職人顔負けの品々が並べられていく。

最後に、ヘンリエッタ王女の番がやってきた。

一歩前に出て、会釈する。

手には何も持っていなかったので、王妃様は小首を傾げている。

「私は、王妃様の目の前で、お菓子を作ろうと思いまして」

「へえ?」

今までつまらなそうにしていた王妃様の目が、キラリと輝く。

ヘンリエッタ王女は胸に手を当て、深呼吸。そのあと、私が押してきたティーワゴンの上にある道具を示しながら説明を始める。

「カルメ焼き、という魔法のお菓子を作ります」

「魔法のお菓子ですって？」

「はい」

魔法ってはっきり言っちゃった。でも、大丈夫。あれだけ練習したのだ。必ず成功するだろう。

ヘンリエッタ王女は慣れた手つきで砂糖と水を量り、小さな火鉢の上でおたまを炙る。沸騰する前におたまを火から下ろし、ほんの一つまみのふくらし粉を入れて混ぜた。

ドキドキする瞬間である。混ぜ終えたあと、ヘンリエッタ王女はおたまに祈りを捧げているように見えた。

そして――おたまの中はぷくぷくと膨らんでいった。

仕上げに、おたまの底を炙って、完成したばかりのカルメ焼きを王妃様へと差し出した。

「これが、カルメ焼き、です」

「驚きました。本当に、魔法のよう」

王妃様にどうやって食べるのかと聞かれ、ヘンリエッタ王女は一番おいしいのはそのまま齧ることだと教えていた。王妃様が丸かじりなんてするわけない。そう思っていたが、王妃様は手掴みでカルメ焼きを取り、そのまま齧る。

「――あら、甘くておいしい」

その一言で、他の貴婦人も興味を示す。

「よろしかったら、皆様の分も作りますわ。本当に、簡単に作れますの」

そんなわけで、ヘンリエッタ王女は参加者分のカルメ焼きを作った。

王女手ずからのお菓子は好評で、お茶会は大いに盛り上がった。

＊

「メル、ありがとう。心から感謝しているわ」

「いえいえ」

「リーゼロッテも、ありがとう」

握手をして、私達は別れる。

最終日は私達も式典に参加した。堂々としているヘンリエッタ王女は、一人前の立派な王族に見える。

この旅行が、彼女の心を大きく成長させたのだろう。

滞在はあっという間に終わり、帰りの移動も滞りなく過ぎて行く。

問題を起こさなかったので、ヘンリエッタ王女が元気なのか心配になったくらいだ。

こうして、大きな問題は起こることもなく、遠征任務は終了した。


後日、国王陛下直々に手紙が届く。

封筒には丁寧な文字で『エノク第二部隊の隊員へ』と書かれていた。


前略。

今回、娘ヘンリエッタの旅に同行した件について、手紙を認《したた》めさせてもらった。

突然の命令に戸惑っただろうが、すぐさま受け入れてくれて感謝している。

実をいえば、今回の旅には大きな目的があった。

一つは、我儘放題であった娘が、一人前の王族である自覚を自ら持つこと。

二つ目は、幻獣鷹獅子《グリフォン》を見捨てたことを反省させること。

この二つは私がいくら言っても、分からせることが難しかった。荒療治のような手段となったが、それに第二部隊の隊員達の力を借りる形になってしまったことを、深く謝罪する。

幻獣アメリアに関しても、ヘンリエッタは大きな間違いを犯した。私が甘やかして育ててしまった弊害であるのだろう。すまなかった。悪いことをしたと、今でも思っている。

ヘンリエッタは、今回の旅で自らの間違いに気づき、大いに反省したという。おかげさまで、娘は人として、また王族として、大きく成長していた。言葉では表せないくらい、感謝している。ありがとう。

今後、第二部隊の活動に幸あらんことを。

それは国王陛下からの礼状というよりは、一人の父親としての手紙のように思えた。ヘンリエッタ王女への、愛に満ち溢れた手紙だったのだ。

「どうなるかと思っていましたが、無事に解決して良かったです」

しみじみと、リーゼロッテは頷く。

「今度は、国王陛下が侯爵様と仲直りする番ですね」

「お父様、死ぬほど頑固だから、どうかしらね」

「大人のほうが、子どもっぽいんですね」

「本当よ」

国王陛下とリヒテンベルガー侯爵も、いつか仲直りできたらいいなと思った。

番外編　初めての市場と、大鮭《サルモン》の燻製

シャルロットが第二部隊にやってきて、早くも一ヶ月が経った。

彼女は朝から、騎士舎の外を箒で掃いていた。

「メル、おはよ！」

「シャルロット、おはようございます。朝から精が出ますね」

「昨日、風、強かったから、葉っぱがたくさん落ちていたの」

「そうだったのですね」

シャルロットは耳をピンと立て、尻尾をぶんぶんと振りながら話しかけてくる。この通り、今日も元気いっぱいだ。

「アメリアも、おはよ～」

『クエクエ～』

アメリアと、抱擁し合う。何とも微笑ましい光景だ。

「あ、ガルおとーさんだ！」

続いて、ガルさんを発見したよう。駆け寄って、挨拶をしに行った。

相変わらず、家族設定は適用されていた。ガルさんが父で、ザラさんが母、ベルリー副隊長が姉で、ウルガスが弟、リーゼロッテが妹でルードティンク隊長が山賊だった。

一人だけ、何か違う感じの人がいるけれど、気にしたら負けだ。

「ガルおとーさん、おはよう！」

ガルさんは優しい眼差しを、近付いてきたシャルロットに向ける。シャルロットが抱きつこうとした瞬間に体を持ち上げ、高い高いをしていた。

何という、いいお父さんっぷりなのか。

シャルロットとガルさんは同じ立ち耳なので、本当の親子のようにも見える。

「あ、ジュン！」

今度はウルガスが出勤してきた。シャルロットは挨拶に向かう。

「ジュン、おはよ」

「おはようございます」

年下のシャルロットに呼び捨てにされても、ウルガスは丁寧な挨拶を返す。

「昨日、よく眠れた？」

「はい、おかげさまで」

「えらい、えらい」

シャルロットはそう言いながら、ウルガスの頭を背伸びしながら撫でる。

ウルガスは――とても嬉しそうだった。

小さな声で「お姉さんって最高だな」とか言っている。すっかりシャルロットの弟としての立場を受け入れ、楽しんでいるようだった。

続いてやってきたのは――ベルリー副隊長。

「シャルロット、おはよう」

「アンナおねーさん、おはよう」

「元気がいいな」

ベルリー副隊長がふっとカッコイイ感じに微笑む。貴重な笑顔だ。シャルロットがやってきてから、ベルリー副隊長はよく笑うようになった。シャルロットの癒し効果だろう。

「リスリス衛生兵も、おはよう」

「おはようございます」

今日も素敵です！　と言ったら、私にも笑顔を見せてくれた。

「あ、ザラおかーさんだ！」

続いて、ザラさんが出勤してきた模様。

「ザラおかーさん、おはよう！」

「おはよう、シャルロット」

ザラさんが腕を広げたら、シャルロットが飛び込んでいく。

「ザラおかーさんは今日もきれいで、いい匂い……」

私も頷いてしまう。ザラさんはシャルロットにお菓子を作ってきたり、得意の裁縫で服を作ったりと、何というか、理想のお母さんっぷりがすごいのだ。

まあ……男性なんだけれど。

「今日は、シャルロットにリボンを作ってきてあげたの」

「わあ！」

シャルロットのお仕着せの襟に、ザラさんはリボンを巻いて結んであげていた。

紺色のお仕着せに映える白いリボンで、端に銀糸で花模様が刺繍されていた。華美な装いは禁止なので、近くで見ないとわからない仕様になっているのはさすがとしか言いようがない。

シャルロットは気に入ったようで、目の中に星が瞬くように、キラキラとさせている。耳はピコピコと動き、落ち着かないような様子を見せていた。

「シャルロット、良かったですね。とっても可愛いですよ」

「ありがと！　ザラおかーさんも、ありがと。シャル、とっても、とーっても、嬉しい」

「喜んでくれて、嬉しいわ」

シャルロットは鏡で確認してくると言って、騎士舎のほうへ駆けていく。

「ザラさん、ありがとうございます」

「いえいえ。趣味の裁縫で作った物を、喜んでくれる人がいて良かったわ」

ザラさんの裁縫の腕は職人並みで、私も手巾《ハンカチ》や小物入れを貰ったことがある。

たまに、ブランシュを預けているエヴァハルト伯爵家の夫人と慈善バザーで売ったりしているらしい。

「今度出店する時は教えてくださいね。買いに行きますので」

「メルちゃん、何か欲しいものがあるの？」

「そうですね～。さっきのリボンみたいな可愛い物が欲しいです」

「そうなの……」

ザラさんは明後日の方向を向き、何か言いたいような、言いにくいような表情を浮かべる。

「ザラさん、どうかしました？」

「え？」

何か私に言うことがあるのでは？　と言うのは図々しいような気がする。

目を泳がせるザラさんをじっと見つめていたら、突然外套のポケットを探る。中から取り出したのは、シャルロットに渡した物に似たリボンであった。

「こ、これ、メルちゃんの分も作ったの。迷惑かもしれないけれど」

「わっ、可愛いですね！　シャルロットの物より細いので、髪に結ぶ用でしょうか？」

「そうなの」

二本あるので、さっそく結んでみる。これも、端に花の刺繍がある控えめな意匠《デザイン》なので、仕事中に結んでいても問題ないだろう。

シャルロットが鏡を見たがる気分がわかった。早く、どんな感じなのか確認したい。その前に、ザラさんに確認してみた。

「ザラさん、どうですか？」

「――っ！　あの……」

ザラさんが何か言おうとした瞬間、背後から大きな影が迫った。

「おう、おはよう。何だ、こんなところで話なんかして」

やってきたのは――遠征部隊に生きる山賊。……ではなくて、ルードティンク隊長だ。

「何だ、リスリス、おめかしなんかして。森のパーティーにでも行くのか？」

「違います！」

ニヤニヤしながらからかうルードティンク隊長を、ザラさんが引っ張っていく。

「おいザラ、痛い！　コラァ！　お前、力強いんだよ！」

「もうすぐ朝礼だから、急ぎましょう」

「イテテ！　まだ三十分前だっての！」

ルードティンク隊長を連行するように、ザラさんが引きずっていってくれた。

良かった、ザラさんがいて。

たまに、ルードティンク隊長は私をからかって楽しむことがあるのだ。

困った人である。

＊

本日は買い出しの日だ。そろそろ、シャルロットを連れて行こうかと思っている。

「アメリアはお留守番してくれますか？」

『クエクエ？』

目を細め、低い声で「どうして？」と聞かれてしまった。

「今日はシャルロットを連れていくので、アメリアを見ておくことができないからですよ。お土産を買ってくるので、ガルさんといい子で大人しくしていてくださいね」

『クエ』

納得してくれたようで、ホッとする。

アメリアは迎えに来たガルさんと共に、騎士舎へ歩いていった。何度か私を振り返っていたので微妙に胸が痛むけれど、安全のためを思ったら仕方がないのだ。

シャルロットは人混みが苦手らしい。第二部隊に来た時に渡されたシャルロットについての報告書に書いてあったのだ。

奴隷商に捕えられたあと、人でぎゅうぎゅうな船に詰め込まれて運ばれたことが心的外傷になっているのだろう。

しかし、そろそろ街に慣れさせてもいい時期だ。

今日は人の多い市場でなく、比較的空いている商店街のほうに連れていこうかなと思っている。

幸い、今回に限ってザラさんがついてきてくれると言っていた。シャルロットも心強いだろう。

朝からせっせと窓ふきをしているシャルロットに、声をかける。

「シャルロット、今日は、お買い物に行きましょう」

「おかいもの?」

「お店がたくさんあって、面白いですよ。ザラさんと一緒です」

「メルとザラおかーさんと一緒なの?」

「はい」

シャルロットは嬉しそうにしながら、準備をしてくると言って休憩所のほうへと駆けていく。

戻ってくると、頭巾付きのケープを纏っていた。それはシャルロットのピンと立った耳が隠れるほど大きく、レースで縁取りがしてあってとってもオシャレで可愛い意匠だ。

「わあ、シャルロット、それ、いいですね」

「うん！　ザラおかーさんが、この前、作ってくれたの」

「ザラさん作でしたか。本当に器用ですよね」

なんでも、シャルロットの耳が街中で目立たないように作ってくれたようだ。

「私の耳も、その頭巾があったら目立たないかもですね」

どういう構造になっているのか、頭巾の中身を覗き込む。すると、シャルロットが突然くすくすと笑い出した。

「メル、三つ編み、くすぐったい、だよ」

「あ、すみません」

近付きすぎて、三つ編みの毛先でシャルロットをくすぐってしまったようだ。

「メルちゃん、どうしたの？」

ザラさんがやってきていたようだ。私の不審な行動を見られていたらしい。

「いえ、その、シャルロットのケープが可愛くって、どういう構造なのかなと気になってしまい」

「そうだったの。今度、作り方を教えてあげるわ」

「本当ですか？」

「ええ」

そんな話をしていたが、ワクワクしているシャルロットの姿を見て我に返った。

「準備万端ですので、行きましょう」

「うん、いこ！」

ザラさんはシャルロットの手を握る。どうやら、手を繋いでいくようだ。

二人の様子が微笑ましくて、ほっこりしてしまった。

＊

「わあ〜〜！」

シャルロットは街の中心街にある時計塔を見上げ、感嘆の声を上げている。

「シャルロット、あれは、時計塔っていうの」

「とけーとう、シャルの森にあった、大樹よりも大きい！」

「そう。上がってみる？」

「あがる？」

「時計塔に上れるのよ」

どうやら、ザラさんはルードティンク隊長よりシャルロットに街の案内をするように言われていたらしい。

「シャルロット、高い場所は平気ですか？」

「うん、平気だよ。シャル、木登り、得意だったの！」

「だったら、行こう」

「わ～い！」

嬉しかったからか、シャルロットは時計塔のほうへ駆けようとする。

「わっ、シャルロット、走ったら危ないです――」

そう言いかけたが、すぐさまザラさんが手を伸ばしシャルロットを捕獲した。

「みゃっ！」

「シャルロット、急に飛び出したら危ないわよ」

「はあい」

抱っこの状態から下ろしてもらったシャルロットは、ザラさんと手を繋いで歩き出す。

時計塔の出入り口横で入場券を購入し、中へと入った。

「うわあ～～！」

思わず出た声がこだまする。内部には螺旋状の階段があって、先が見えないくらいだ。

「メル、のぼろ！」

「そ、そうですね」

時計塔の中は薄暗く、ヒュウヒュウと風が吹いている。

そんな中を、一段一段上っていく。

けっこう急な階段なのでキツイ。訓練のようだ。

「メル、はやく～」

「は、は～い」

シャルロットは元気だ。とんとんとリズムよく上っている。普段から鍛えているザラさんは言うまでもなく、サクサクと上っていた。

三十分かけて、頂上まで上る。

「わ……わあ！」

頂上には展望台があって、街を一望できる。赤に統一された屋根が、石畳の色と相俟《あいま》ってとても綺麗だ。

「すご～い！　高い！　家、いっぱい！」

シャルロットは展望台からの景色を見て、喜んでいた。ザラさんもその横顔を見ながら、微笑んでいる。一方、私と言えば――。

「意外と……高いですね」

「みんながいるところ、見えるよ！」

「え、ええ。そうですね」

「メル、見た？」

「先ほど覗いた時に、見ましたので」

高所恐怖症というわけではない。けれど、ここから落ちたらということを考えたら、窓の外の景色なんてとても楽しめない。

シャルロットは街の景色を堪能したようだ。私もほどほどに、楽しませてもらった。

続いて、本来の目的である商店街に向かう。

そこに辿り着くまで、ザラさんはシャルロットから質問攻めにあっていた。

「ザラおかーさん、あれはなに？」

「あれは噴水よ」

「水、のむ？」

「噴水は街の水を綺麗にする装置なのよ」

王都の中央広場にある噴水は、魔石が埋め込まれていて浄水作用があると聞いたことがある。ザラさん曰く、街の景観を良くすることも兼ねているそうだ。

確かに、美しい女神像から水が噴出される様子はとても綺麗。

いつまでも見ていられる。

他にも、大荷物を持った商人や、露店、大道芸の芸人など、シャルロットは次から次へとあれは何だとザラさんに質問していた。

森育ちの彼女には、目に見えるもののすべてが珍しいのだろう。

私も、第二部隊に入隊するまで、こんな感じだったような気がする。

ようやく商店街に辿り着いた。ここら辺の通りには、庶民相手の店が並んでいる。

「シャルロット、あそこはパン屋さん、向かいはお菓子屋さん、その向こうは、食品店ですよ」

「お店、いっぱい、ある」

「必要な物はひと通り、この辺りで揃うんですよ」

「すご〜い！」

今日は市場で大安売りの日なので、余計に人の往来が少ない。シャルロットは怖がらずに、商店街を歩いている。

「今日は、魚が安い日なので――」

「わっ、お魚！」

話をしている途中で、シャルロットが反応を示す。興味があるのか、尻尾はゆらゆらと動いていた。

先ほど、急に駆け寄らないように注意されたからか。今度は早く見に行こうとザラさんを急かしていた。私も小走りであとを追う。

「うわ～～、メル、ザラおかーさん、見て！　大鮭《サルモン》があるよ！」

「大きいですね！」

「本当、見事ね」

一メトルほどの、大鮭《サルモン》が売られていた。しかも、安い。

「これ、どうしてこんなに安いのですか？」

魚屋のおじさんに聞いてみる。

「それは高級店に卸す予定だったんだが、急遽不要になったと断られて。切り身にする時間もないし、大きすぎると売れないから、こうして安売りしているんだ」

「なるほど」

大鮭《サルモン》を見ることができて嬉しいのか、シャルロットは興奮したように話す。

「大鮭《サルモン》、シャルの森の川にいたよ」

故郷で獲れていた魚を発見できたので、喜んでいた。

「シャルの村でも、こんなにおっきい大鮭《サルモン》、獲れるんだけど、食べきれなかったの」

「なるほど」

シャルロットの村では、魚を保存する技術がなかったようだ。

「私、魚を長持ちさせる方法を知っています」

「魚、長く、食べられる？」

「はい」

「ぜんぶ？　これ、ぜんぶ？」

「ぜんぶ、保存できるのですよ」

「すご～い！」

大鮭《サルモン》のお値段は予算内である。ザラさんにも確認してみた。

「いいんじゃない？」

というわけで、この一メトルほどの大鮭《サルモン》を買って、保存食を作ることにした。

ザラさんが会計している間、私はシャルロットと魚屋の斜め前にある雑貨屋の窓を覗いていた。

「シャルロット、見てください。可愛いぬいぐるみがありますよ」

「わ～、かわいいね」

雑貨を眺めていたら、シャルロットが突然弾かれたように振り返る。

「君達、何しているの？　暇？」

なんと、二人組の若い男性が声をかけてきたのだ。びっくりして、固まってしまう。

何だろう、恰好からして傭兵だろうけれど、いったい何用なのか。

「なに？　シャルたちに、なにかよう？」

「いや、なんか可愛かったから、声をかけただけ」

「かわい？」

「そう！　良かったら、どこかでお茶しない？」

こ、これは、もしかして、ナンパというものではないのか？

王都に来て初めて、声をかけられた。

寮の女性騎士達が話をしていたのだ。騎士の服を着ているのにもかかわらず、傭兵や商人などにナンパされて困っていると。

私はそんな困った思いをしたことがないなと思っていたが、ついにその瞬間がやってきたようだ。

どのような返しをしたらいいか迷っていたら、傭兵はさらに話しかけてくる。

「おいしいお菓子の店を知っているからさ」

「おかし！」

目を輝かせ、反応したのはシャルロットである。

「そうそう。お菓子、食べに行こうよ」

「いく！」

「いやいやいや！」

傭兵がシャルロットの手を掴もうとしたので、私が盾となって妨害する。

「君もかなり可愛いね」

「はあ」

可愛いとか言われたら普通は照れてしまうのだろうけれど、ただただ無表情に、「そうですか」としか言葉が出ない。

「ま、立ち話もなんだから、お店に行こう？」

「すみません、私達、仕事中なんで」

「雑貨屋の覗きが？　エルフちゃんのほうは騎士様だよね？」

「ウッ……！」

ちょっとした待ち時間だったけれど、雑貨屋を覗いて楽しんでいたのは否定できないわけで……。

「上の人には黙っていてあげるからさ。ちょっとおいしいお菓子を食べに行こうよ」

「そ、それは、できません」

「俺、騎士隊の上層部に知り合いがいるの。エルフちゃん達がお仕事サボっていたって、言っちゃおうかな」

「だ、ダメです」

「じゃあ、一緒に遊びに行こう」

「えっ……！」

傭兵の一人が、私に触れようと手を伸ばした。怖くなって目を閉じたが、想定していた接触はない。

目を開くと、大きな背中が目の前にあった。

「あんた達、何してんのよ！」

低い声で話しかけているのは――ザラさんだ。

紙に包まれた一メトルほどの大鮭《サルモン》を肩に背負っている。大鮭《サルモン》の顔が袋からはみ出ていて、目が合ってこんにちはをしてしまった。

「何だよ、お前、信じられねえくらいデカい大鮭《サルモン》なんか背負って」

「とっても安かったのよ！」

この大鮭《サルモン》、こんなにも目が澄んでいるので、新鮮だしきっとおいしいだろう。大鮭《サルモン》と見つめ合う状態の中で、そんなことを考える。

「俺達、これからエルフちゃん達と遊びに行くんだよ。この、男女野郎、邪魔するんじゃねえ！」

「邪魔するに決まっているでしょう！」

「何だよ、お前の女じゃねえだろ？」

「あなたの女でもないでしょう？」

「うるせえ！　とにかく、そこを退け！」

「退くわけないでしょう⁉」

ザラさんは背負っていた大鮭《サルモン》を傭兵達の前に突き出した。

「うわっ！」

「磯臭っ！」

「これ以上近付いたら、大鮭《サルモン》とキスすることになるから！」

「ク、クソ！」

「覚えてろよ！」

傭兵達は回れ右をして、逃げていく。

ザラさんは大鮭《サルモン》を使って傭兵達を追い払ってくれた。

はあと、大きく息を吐く。

「メルちゃん、シャルロット、大丈夫だった？」

「なんとか……というか、助けてくださってありがとうございました！」

「怖かったでしょう？」

「ちょっとだけ。でも、ザラさんが助けてくれたので」

「シャルロットは大丈夫だった？」

「うん、平気。あの人、おかしくれるって言っていたけれど」

「それ、信じたらダメ！　知らない人から、食べ物を貰うのもダメよ」

「わかった」

ザラさんはその後、片手に大鮭《サルモン》を担ぎ、片手はシャルロットと手を繋いで帰った。

その後ろ姿は不思議な感じだけど、私達を助けてくれた時はカッコよかった。

ありがとうと、改めて心の中でお礼を言った。

＊

やっと騎士舎に戻って来ることができた。

それにしても、買い出し中にナンパされるなんて驚きだ。王都ってすごいなとも思う。

シャルロットはルードティンク隊長に報告すると言って、執務室まで駆けていった。

ナンパされて私は怖かったけれど、シャルロットは気にしていないようだ。きちんと彼女のことを守れていたんだなと、ホッとした。

「メルちゃん、ごめんなさいね」

「え？」

大鮭《サルモン》を担いだまま、ザラさんが話しかけてくる。

「早く支払いを終えていたら良かったのだけれど」

どうやら、ザラさんは値切りをしていたらしい。それで、ちょっとだけ時間がかかってしまったと。

「いえいえ、大丈夫です。というか、お値段よりも安く買ってくれたのですね！」

「ええ、けっこう頑張ったわ。でも、そのせいでメルちゃん達がナンパされてしまって……」

ザラさんは気遣いの人なのだ。何とか気にしないように言いたかったけれど――言葉が見つからない。

「でも、びっくりですね。私みたいな残念エルフまで、ナンパの対象になるのですから」

「メルちゃんは残念じゃないわ、とっても可愛いんだから！　そのリボンだって、よく似合っているし」

「え⁉」

ザラさんに可愛いと言われて、盛大に照れてしまった。さっき、傭兵に言われた時は何とも思わなかったのに。

どうしてか、顔が一気に熱くなる。

「あ、いいえ、あの、ありがとうございます」

顔を逸らしていたが、このままではいけないと思ってザラさんを見上げる。

すると、ザラさんも顔を赤くしていた。私を励ますために、恥ずかしいことを言ってくれたようだ。

ありがたいやら、何やらで。

ここで、ザラさんが担いでいる大鮭《サルモン》と再び目が合った。

「あ、すみません。大鮭《サルモン》、重いですよね？」

「いいえ、平気よ。このまま台所まで運んであげるわ」

「ありがとうございます」

このようにして、買い出しは終了となった。

＊

シャルロットと共に、大鮭《サルモン》の保存食を作る。まずは二人で協力して、大鮭《サルモン》を捌いた。

「シャル、お魚切るの、とくい！」

「助かります！」

正直、魚を捌くのは得意ではない。よって、私はシャルロットの指示に従うことにした。

まず、鱗を落とす。刃を当てて、削ぎ落とした。続いて、頭部を切り落とす。

「次は、しっぽから刃を入れて、おなかを切るよ」

「了解です」

シャルロットは慣れた手つきで、大鮭《サルモン》のお腹を切って内臓を取り出した。

「これは、卵！」

そういえば、大鮭《サルモン》の卵は塩漬けにできると聞いたことがある。あとで作ってみよう。

血を洗い流しながら、どんどん捌いていく。シャルロットはサクサクと切り分けていたが、大きな個体なので私一人では捌けなかっただろう。

シャルロットはあっという間に、大鮭《サルモン》を三枚に下ろした。

「シャルロット、すごいです。綺麗に捌きましたね」

「うん！」

まず、骨と頭部の細かな身は、昼食用のスープに使うことにした。

切り身はすべて保存食にする。

「メル、これ、どうするの？」

「燻製にするのですよ」

「くんせい？」

「はい。燻製にしたら、長い期間保存ができるのですよ」

「くんせい、すごい！」

「作り方を教えますね」

用意するのは、塩、砂糖、胡椒、数種類の薬草。

「最初に切り身の表面の水分を拭き取って、全体にしっかり塩を揉み込みます」

これに重石を載せて、一週間保冷庫で寝かせておく。

「続きは七日後です」

「りょーかい！」

一週間そのままではなく、何回か裏返さなければならない。手間暇かかるのだ。


――一週間後。

「塩漬けの大鮭《サルモン》の、塩抜きをします」

水の中に一時間ほど、大鮭《サルモン》の切り身を浸けておく。塩抜きが終わったあとは、乾燥させるのだ。

そのあとは、大きな缶に木のチップを入れて、燻製させる。時間は二時間ほど。

「一日寝かせたら完成です。ですが、さらに乾燥させると、鮭とばという食べものになります」

大鮭《サルモン》の燻製は不思議なもので、乾燥させればさせるほどおいしくなるのだ。

翌日、完成した燻製をシャルロットと共に見に行った。

「メル、これ、くんせいになった？」

「ええ、燻製になっていますよ」

私は一つ手に取って、シャルロットに差し出した。

「シャルロット、味見をしましょう」

「え、いいの？　これ、遠征ごはんなのに？」

「おいしいか、確認するのもお仕事です」

「そっか。わかった！」

シャルロットはすぐさまお仕事に取りかかってくれた。

「わっ！　塩辛くて、噛めば味がじわっと出てきて、おいしい！」

大絶賛をいただいたところで、私も味見してみる。

「おっ！」

じっくり熟成されていたからか、旨みがぎゅっと大鮭《サルモン》の切り身の中に凝縮されていた。

結構しょっぱいけれど、遠征中は塩分不足になりがちなので、ちょうどいいだろう。

「おいしくできています」

「くんせい、すごいね！」

大鮭《サルモン》の保存食作りは大成功だった。きっと、みんなも喜んでくれるだろう。

シャルロットと共に、健闘を称え合った。

おまけ　アルブムの大冒険！

アルブムは夢をみた。それは、パンケーキの娘と呼ぶメルが作るパンケーキを、お腹いっぱい食べること。

起きてすぐに、夢を叶えるべく行動を起こす。

久しぶりに、パンケーキの娘に会いに行こうと思ったのだ。

ただ、アルブムはリヒテンベルガー侯爵と契約を結ぶ身。勝手に屋敷を脱出できないようになっている。

それも、リヒテンベルガー侯爵と離れなければいいだけの話であった。

アルブムは知っていた。

リヒテンベルガー侯爵が毎朝、鞄を抱えて屋敷を出て行くことを。

鞄にさえ忍び込んだら、外に出ることができる。

アルブムはすぐさま行動に移し、リヒテンベルガー侯爵の鞄の中へ飛び込んだのだった。

堅い鞄の中で、しばし我慢をしなければならない。そう覚悟していたのに、鞄の中はふわふわな物で満たされていた。

『ヒッ!!』

アルブムは思わず、悲鳴をあげそうになる。

リヒテンベルガー侯爵の鞄には、ぬいぐるみがたくさん詰まっていたのだ。

賢いアルブムは、ぬいぐるみは幼い子どもが所有し、大切にするものだ、という知識を有していた。

なぜ、中年のリヒテンベルガー侯爵がぬいぐるみを大量に鞄に忍ばせているのか。

まさか、怪しい魔法の媒体にでも使っているのだろうか。

だとしたら恐ろしい……とガタガタ震えてしまった。

鞄から抜け出そうか悩むものの、アルブムはすでにパンケーキを食べる口になっていた。

作戦実行のため、リヒテンベルガー侯爵が出発する時間を待つ。

すると、十分と経たずに、鞄が持ち上げられた。

「旦那様、鞄をどうぞ」

「お前、中身は見ていないだろうな⁉」

リヒテンベルガー侯爵は、鞄を手に取る執事に対し、怒鳴りつけていた。

「い、いえ、中身は見ておりません」

「だったらいい。よこせ」

「は、はい」

アルブムは悲鳴をあげそうになったが、口を塞いで必死に耐える。

おそらく、ぬいぐるみを見られたくないのだろう。目撃者になってしまったアルブムは、存在がバレないよう、必死に息を殺しておく。

リヒテンベルガー侯爵は馬車に乗りこみ、鞄は座席に置いたようだ。

アルブムはホッと安堵の息を吐いたが、まさかの展開となる。

リヒテンベルガー侯爵が鞄を開き、手を突っ込んできたのだ。

(ギャアアアアア、殺サレルウウウウ!!)

声なき声で叫びながら、リヒテンベルガー侯爵の手から必死になって回避した。

リヒテンベルガー侯爵の手が触れた瞬間、アルブムは鞄の端のほうへと逃げる。

すぐ近くにあったぬいぐるみを掴み上げた瞬間、助かった、と思った。

しかしながら、次なる一言に、心臓が飛び出る思いとなる。

「このぬいぐるみ、なんだか温かいな」

すぐ近くにアルブムがいたからだろう。きっと不審に思って鞄を覗き込むに違いない。

そう思っていたが――。

「暖炉の前に置いていたからか」

勘違いしてくれたようで、難を逃れる。

いったいなんの目的で、ぬいぐるみなんぞ持ち歩いているのか。それは、リヒテンベルガー侯爵の独り言により明らかになった。

「工場で注文していたぬいぐるみだが、大量生産のわりによくできているな。すぐにでも、販売を開始していいだろう……」

鞄に入っていたぬいぐるみは、試作品だったようだ。趣味の品でなくてよかった、とアルブムは心底思う。

リヒテンベルガー侯爵が静かになったので、アルブムは不審に思った。

いったいどうしたのか、と鞄から少しだけ顔を覗かせると、衝撃の光景を目にする。

リヒテンベルガー侯爵は、静かにぬいぐるみを抱き寄せ、頬ずりしていたのだ。

（ンギャアアアアアア!!）

またしても、声なき声をあげてしまう。

中年男性がぬいぐるみをすりすりしている様子は、破壊力がありすぎた。

車酔いもしているのだろう。アルブムは気持ち悪いと思いつつも、あと少しだ、頑張れと自らを奮い立たせた。

馬車が停まり、リヒテンベルガー侯爵は下車する。そのタイミングで、アルブムは鞄から飛び出して行った。

そこから騎士隊まで、けっこう遠かった。

パンケーキの娘の魔力を察知しつつ、なんとか辿り着く。

『ゼーハー！』

騎士隊に辿り着くまで、アルブムは野犬に追いかけられたり、子ども達のオモチャになったり、密猟者に捕まりそうになったり、とさんざんな目に遭った。

けれども、ようやくパンケーキの娘に会えたのだ。

ただ、満身創痍で、休憩室の前で倒れてしまう。それを、パンケーキの娘が発見した。

「うわ、アルブム、どうしたんですか⁉」

『パンケーキ、食ベタイ……』

その一言だけを発し、意識を失ってしまった。


ふんわり、と甘い匂いが漂ってきたので、アルブムは飛び起きた。

目の前に焼きたてのパンケーキが置かれていたのだ。

『コ、コレハ、夢？』

「アルブムったら、夢じゃないですよ。アルブムがパンケーキって言葉を残して倒れたので、作ったんです」

『ワー、ソウダッタンダ！　アルブムチャンガ、食ベテモ、イイノ？』

「ええ、どうぞ」

お言葉に甘えて、パンケーキをいただく。

パンケーキの娘が作るパンケーキはふわふわで、優しい甘さがする。

世界一おいしいパンケーキだと思った。

「それを食べたら、リヒテンベルガー侯爵のもとへ帰るんですよ」

『ヤダ!!』

「どうしてですか?」

『ダッテ、ダッテ――!』

言ったら殺される。そう思ったアルブムは、口を閉ざす。

せっかく抜け出せたのだから、数日パンケーキの娘の世話になろう。

そう思っていたのに、リヒテンベルガー侯爵の娘、リーゼロッテに捕まってしまった。

この世の中、悪いことはできないようになっているのだな、と思ったアルブムであった。

特別収録　じっくり煮込んだどんぐりスープ

本日は王都南部にある森に、魔物退治にやってきた。

ここ数日、大爪熊《クロー・ベア》を見かけたという報告が相次いでいるため、討伐命令が出たのだ。

木々が入り組んだ森だというので、アメリアは翼が引っかかる可能性があるためお留守番だ。その間、幻獣保護局の人達が、食事を与えてくれる。

代わりにやってきたのは、イタチ妖精のアルブムだった。

『ハア～～、ヤッパ森ハ、落チ着クナア～～』

特に戦闘能力があるわけではないが、索敵に役立つのではないかと期待して連れてきた。

森の中は木々が鬱蒼と生え、太陽の光があまり当たらないためか少しひんやりとしている。外套の合わせ部分をぎゅっと握っていたら、ザラさんが心配してくれた。

「メルちゃん、大丈夫？　寒くない？」

「ええ、平気です。ザラさんは、聞くまでもないですね」

ザラさんは雪国出身なので、寒さに強いらしい。

「雪国出身でも、うちのブランシュみたいに寒がりもいるけれど」

「立派な毛皮があるんですけれどね～」

そんな話をしていると、ルードティンク隊長に怒られてしまう。

「おい、こら！　私語は慎め。魔物が警戒して姿を消すかもしれないだろうが！」

ルードティンク隊長の「おい、こら！」のほうが数倍大きかった。そんなことを指摘すると、もっと怒られるので神妙な顔つきを作って謝る。

しょんぼりしていたら、ベルリー副隊長が背中をポンポンと叩いてくれる。気にするなと言いたいのだろう。その優しさに、心がじんわりと温まる。

それを見ていたウルガスが、小さな声で「羨ましい」と呟いていた。

ベルリー副隊長の優しさを受けるには、ルードティンク隊長に怒られる必要がある。そう、低い声で囁いたら、「やっぱりいいです」と光の速さで諦めていた。

リーゼロッテは杖を握りしめ、真面目な表情で歩いている。彼女の炎系魔法は強力すぎて、森の中での使用許可は出ないだろう。まあ、魔物の出る森なので、用心に越したことはない。

今回の任務はガルさんの鼻と気配察知能力頼りとなる。ガルさんは以前、大爪熊《クロー・ベア》と戦闘したことがあるらしい。気配や臭いは把握していると。瓶入りスライムのスラちゃんまで、警戒を強めた表情でいた。

途中、ルードティンク隊長が森の中の地図を確認する。その間、私達は待機なのだが
――。

「あ！」

地面に、どんぐりの実が落ちていた。子どもの頃、森で拾っておやつにしていたのだ。

この辺はどんぐりを食べる小動物がいないのか、たくさん落ちている。

『ドングリ、オイシイヨネ！』

「はい！」

アルブムと一緒になって拾い集めていたら、急に背後が暗くなる。

大爪熊《クロー・ベア》かと思って振り返ったが、ただの山賊――否、ルードティンク隊長だった。

「お前、木の実なんか拾いやがって。野うさぎじゃないんだから」

「野うさぎじゃないです！」

「わかっている」

ついでに、ここで休憩と昼食を取ることになった。

『パンケーキノ娘ェ、今日ハ、何ヲ作ルノ？』

「どんぐりを使った料理にしましょう。どんぐりを食べるのは、野うさぎだけではないことを、知らしめるのです。アルブムも手伝ってくれますか？」

『ウン、イイヨ！』

アルブムがどんぐりの皮を高速で割ってくれる。その間、私はスープを作る。乾燥キノコと燻製肉で出汁を取り、ぐつぐつ煮込む。

『パンケーキノ娘、ドングリ、割ッタヨ』

「では、それをすり潰してくれますか？」

『ワカッタ！』

アルブムは乳鉢に入れたどんぐりの実を、どんどんすり潰していく。

すり潰したどんぐりに片栗粉、塩、水を入れて捏ね、茹でるとお団子が完成する。

それを、スープに入れて煮込んだら、どんぐりスープの完成だ。

「みなさん、料理の支度が整いました！」

頑張ったアルブムには、お団子を多めに入れておく。手と手を合わせ、いただきます。

最初に反応したのは、ウルガスだ。

「リスリス衛生兵、これ、もっちもっちしていてうまいです！」

「たくさん食べてくださいね」

「はい！」

ガルさんは尻尾を振って食べている。どうやら気に入ってくれたようだ。他の人も、おいしいと言ってくれた。

最後に、ルードティンク隊長が食べる。

「どうですか？」

「この、団子に弾力ある食感がいいな。生地自体にほんのり甘みがあって、噛むと素材の旨みを感じる。団子にスープがよく絡んでいて、一口で満足感がある」

なんという貴族仕込みの豊かな語彙でおいしさを説明してくれたのか。感動した。

「これは何の団子なんだ？」

「どんぐりです」

「は⁉」

ルードティンク隊長は目を見開き、団子に食い入るような視線を向けている。

この顔が見たかったのだ。

結局、おいしかったからかルードティンク隊長はどんぐりスープを完食してくれた。

その後、ガルさんが大爪熊《クロー・ベア》を発見し、討伐に成功する。

怪我人もなく、任務を終えることができたので、ホッとひと安心。

ルードティンク隊長にどんぐりの実のおいしさも伝えることができたので、良い一日だった。


（GCノベルズ版　メロンブックス店舗特典）

●食材メモ●

◎植物◎

薬草ニンニク……疲労回復効果がある。料理にたまらない風味をもたらすが、匂いは強い。

胡椒茸（ペペリ）……アンズタケっぽい食べ物。黄色で若干毒がある。たくさん食べなければ平気。

迷迭香（ローゼマリー）……ローズマリー。消化促進、抗菌作用がある。

薄荷草（ミンツエ）……ミント。食欲増進、消化吸収の促進あり。

花薄荷（オレガノ）……肉の臭み消しなどに使う。消化不良、気管支炎などに効果あり。

土茴香（ディル）……消化を促し、腹痛を和らげてくれる。魚料理との相性がよい。

明晰薬草（クラリセージ）……リラックス効果が期待できる。甘い香りが特徴。

檸檬芽（リモングラシ）……レモングラス。抗菌、殺菌作用がある。

目箒草（バジリコ）……バジル。便秘解消の効果がある。

林檎草（カモマイル）……カモミール。鎮静作用あり。

薫衣草（ラバンダ）……ラヴェンダー。頭痛を和らげる。

立麝香草（タイム）……肉や魚の臭み消しに使う。ツーンとした香りが特徴。

月桂樹（ラウレール）……ローリエ。消化促進の効果あり。

健康草（セージ）……薬用サフランとも呼ばれている。防腐効果もあるので、保存食作りに最適。

唐辛子〔ピマン〕……発汗及び、強心作用がある。

山栗〔ルマロン〕……栗。粒は大き目。茹でるとホクホクになる。

森胡桃〔ノワイエ〕……殻が硬い胡桃。美肌効果がある。

森林檎〔メーラ〕……拳大の林檎。森によく生えているが、栽培もされている。森にある物は酸味が強い。

禾穀類〔グレイン〕……シリアル的なもの。栄養が豊富。

毛むくじゃらの果物……ランブータン。ライチっぽい果物。

龍目〔ロンガン〕……メロンっぽい味。中の種が竜の目に似ていることから名付けられた。

芭蕉実〔バナネ〕……バナナ。みんな大好き南国果実。

蜜柑〔キトルス〕……みかん。コタツに入って食べたい果物ナンバーワン。

冬苺〔フレサ〕……いちご。冬に実る珍しい品種。

木苺〔ルブス〕……いちご。春に実をつける、一般的な木苺。

生姜〔ゼンゼロ〕……ジンジャー。体の活性効果がある。

森南瓜〔キュルビス〕……カボチャ。優しい甘さがある。

玉葱〔ルーク〕……タマネギ。みじん切りをしていると、涙が出る。

大根〔ラバネロ〕……ダイコン。生で食べるとピリッと辛みを感じる。

赤茄子〔トマテ〕……トマト。太陽のような見た目の野菜。

葉芋〔タロ〕……サトイモ。ねっとりとした食感がたまらない。

雪茸〔シャンピニオン〕……雪の中から生えるキノコ。噛むと旨みが溢れる。

大豆〔ソヤ〕……保存性に優れた乾燥豆。水で戻すと二倍の大きさになる。

◎ 生き物 ◎

猪豚〔スース〕……猪っぽい豚。家畜化しているが、獰猛。

三角牛〔カローヴァ〕……牛っぽい生き物。額に角が三本生えている。

山熊〔ウルス〕……熊っぽい生き物。凶悪な見た目に反し、肉は美味。

山兎〔ヒース〕……ずんぐりとした兎。冬になると白い毛が生える。

雪鳥〔アペ〕……冬に卵を産み、子育てをする鳥。

湖鳥〔プーレ〕……白鳥っぽい水鳥。意外と美味しい。

虹雉〔ファイサン〕……七色の羽を持つ美しい鳥。乱獲され、減少傾向にある。

川鼈〔スッポン〕……スッポンっぽい生き物。精力がつく。

山蛙〔フロッシュ〕……ウシガエルっぽい生き物。鶏肉のような、淡白な味わい。

大鮭〔サルモン〕……大型の鮭。急流の川を泳ぎ、大きく成長する。

羽根鶏〔コトプロ〕……白い羽根を持つ鶏。もも肉がおいしい。

烏賊〔セピア〕……イカ。見た目は魔物のようだが、おいしい魚介類。

尾長海老〔アスタコス〕……オマールエビっぽい生き物。ぷりぷり食感。

陸海老〔ルブケ〕……陸を闊歩する海老。いい出汁が出る。

海老〔シュリンプ〕……海を泳ぐ海老。背ワタを取らないと、じゃりっとした食感になる。

牡蠣〔オストラ〕……カキ。海の汚れを浄化する生き物。そのため、生のままで食べた場合あたりやすい。

森林蟹〔フォレ・ガヴリ〕……ヤシガニっぽい生き物。非常に硬い殻を持っている。

沢蟹〔ルクラブ〕……川に生息する蟹。煮ると赤くなる。

鱗鮪〔マグロン〕……マグロ。眠る時も泳いでいるという魚。赤身には脂が乗っていて美味。

薄鮃〔カレ〕……ヒラメ。白身魚。焼いても煮ても揚げてもおいしい。

鱈〔モリュ〕……タラ。淡白な味わいだが、干すことによって旨みが増す。

帆立貝〔スカラプ〕……二枚貝。肉厚で、食べ応えがある。

◎その他◎

蜂蜜〔ミエレ〕……強力な殺菌作用がある。その昔、火傷の治療にも使われていたとか。

樹液楓〔アルセ〕……メープルシロップ。雪解けの時期の樹液を煮詰めて作る。

果物の砂糖煮〔メルメラーダ〕……ジャム。果物と砂糖を、くたくたになるまで煮込む。

蜂蜜酒〔メロメル〕……蜂蜜と天然酵母で作るお酒。すっきりとした味わい。

牡蠣ソース〔オストラソース〕……オイスターソース。カキを使って作る万能ソース。

氷菓〔グラース〕……アイスクリーム。庶民にとって、非常に贅沢な食べ物。

珈琲〔カフワ〕……コーヒー。布のフィルターで、丁寧に抽出させてから飲む。

膠〔にかわ〕……この世界でのゼラチンのような物。原料：スライム。

鰹節〔ボニート〕……一見木のように見えるが、立派な食材。削って出汁に使う。

●幻獣メモ●

『幻獣保護条約』

第一級である幻獣『竜』は、飼育及び接触が禁じられている。

第二級となる保護幻獣は、免許を持っている一部の人のみ接触及び飼育を可能としている。

第三級となる保護幻獣は、役場などに許可を申請すれば、誰でも飼育できる。

◎第一級幻獣◎

竜〔ドラゴン〕……高い魔力を持ち、地上最強とも云われる大変希少な幻獣。野生種は一世紀ほど観測されておらず、専門家の間では「もしや絶滅しているのでは？」と噂されている。竜の鱗、牙、肉、血、骨、瞳——そのすべてが、価値ある品として裏社会で取引されていた。当然、捕獲及び討伐は禁じられているので、禁を犯したものは罰せられる。竜は幻獣保護局のシンボルにもなっている。

◎第二級幻獣◎

鷹獅子〔グリフォン〕……鷹の上半身に、獅子の下半身を持つ美しい幻獣。気高く、なかなか人に心を許さない。純白の羽根には光属性が付加されている。

鷹馬子〔ヒポグリフ〕……鷹獅子と雌馬が交わって生

まれた幻獣。鷹の上半身に、馬の下半身を持つ。数が少なく、物語の世界に生きる幻獣なのではと云われる。

黒銀狼（フェンリル）……黒く輝く毛並みを持つ孤高の幻獣。群れて暮らすことを嫌い、人前には滅多に出てこない。また、気性が激しく、襲われた例も数多く報告されている。

聖狼（リュコス）……白く輝く毛並みを持つ賢き幻獣。群れで暮らし、たまに人前に姿を現すことがある。犬のように人懐っこい性格で、人と契約を結ぶ例も多く報告されている。

一角馬（モノケロス）……額から角を生やした聖なる馬。処女を愛し、背中に乗せることもあるという。処女でない者が跨ると、たちまち荒ぶって、角で突き殺すこともあるほど獰猛な幻獣。

石像鬼（ガーゴイル）……石像の姿を取ることができる幻獣。古くから、家の守り神として人と契約し、関わってきた。

恋茄子（アルラウネ）……紫色の体に、葉を生やした幻獣。おっとりした性格のものが多く、捕獲は容易い。頭部から生やす葉は、万能の妙薬とも呼ばれている。

魔石獣（カーバンクル）……額に魔石を持つ、ウサギのような姿をした愛らしい幻獣。その昔、魔法の触媒として使われたため、現在は絶滅種とされている。

大白虎（ヴィットティール）……最大八メトルにも成長する、巨大すぎる猫。白い毛並みに縞模様があり、見た目は可愛い。半世紀ほど、目撃されていない。

◎第三級幻獣◎

山猫〔イルベス〕……一メトル半から二メトルほどの大きさの、巨大な猫。人懐っこく、飼育しやすい。甘えん坊で、一緒に寝たがる。雪国に生息。

火蜥蜴〔レザール〕……二メトルから五メトルほどの、巨大なトカゲ。多くは火山に生息し、火を噴く。真っ赤な鱗を持っている。

虎猫〔ティグラキ〕……一メトル半から、二メトルほどの大きな猫。黄色い毛並みに、縞模様を持つ。獰猛な性格の個体が多い。

雪狐〔スノソラ〕……半メトルほどの、小型幻獣。美しい毛並みを持っている。気まぐれな性格の個体が多い。

銀兎〔インレプス〕……半メトルもない、小さなウサギ。雪国に生息し、長い手足を持つ。可愛い見た目に反して獰猛で、軽い気持ちで近づいてはいけない。

宝石鹿〔ジャムハート〕……宝石のような美しい角と瞳を持つ。観賞用として乱獲されたため、個体数は少ない。大人しい性格の個体が多い。準絶滅種でもある。

白栗鼠〔スクイラル〕……手のひらくらいの、小さな幻獣。素早い動きをして、敵を撹乱する能力がある。飼育のしやすさから、幻獣愛好家の中で人気が高い。

文庫版あとがき

こんにちは！　江本マシメサです。『エノク第二部隊の遠征ごはん文庫版4』をお手に取ってくださり、まことにありがとうございました。

私事で非常に申し訳ないのですが、今月、あとがきを書いてほしいという依頼が四件もありまして……。

最近、あとがきがある書籍を刊行していなかったものですから、何を書けばいいのかと大変悩み、頑張って書きました。

一生分のあとがきを書いたと思っていたところ、五件目のあとがき執筆の依頼がございました。

この、エノク第二部隊の遠征ごはん文庫版、第4巻のあとがきです。

これ以上、いったい何を書けばよいでしょうか？

一年の大半を自宅に引きこもって小説を書いている私には、あとがきに書けるような出来事もなく……と思っていましたが、ありました。

なんと、弟が結婚するようで！

お付き合いしている方がいるのも知らなかったもので、寝耳に水でした。

本当におめでたい、と思っていたのですが、何よりも嬉しかったのが、私に義理の妹ができることでした。

私の下には弟しかいなかったので、待望の妹というわけです。

もう、初孫を迎えた祖父母のごとく喜び、気分は毎日お祭りです。

妹がいる人生って、いいですよね！

もしかしたら私のあとがき至上、もっともハッピーな近況かもしれません。

ご拝読いただき、ありがとうございました。

ファンレター、作品のご感想をお待ちしています!

【宛先】
〒104-0041
東京都中央区新富1-3-7　ヨドコウビル
株式会社マイクロマガジン社
GCN文庫 編集部

江本マシメサ先生 係
赤井てら先生 係

【アンケートのお願い】

右の二次元バーコードまたは
URL (https://micromagazine.co.jp/me/) を
ご利用の上、本書に関するアンケートにご協力ください。
■スマートフォンにも対応しています(一部対応していない機種もあります)。
■サイトへのアクセス、登録・メール送信の際の通信費はご負担ください。

GCN文庫

エノク第二部隊《だいにぶたい》の遠征《えんせい》ごはん 文庫版《ぶんこばん》 ④

2024年1月27日　初版発行

著者　江本《えもと》マシメサ

イラスト　赤井《あかい》てら

発行人　子安喜美子

装丁／DTP　横尾清隆

印刷所　株式会社エデュプレス

発行　株式会社マイクロマガジン社

〒104-0041　東京都中央区新富1-3-7　ヨドコウビル
［販売部］TEL 03-3206-1641／FAX 03-3551-1208
［編集部］TEL 03-3551-9563／FAX 03-3551-9565
https://micromagazine.co.jp/

ISBN978-4-86716-520-1 C0193

死亡エンド!?
好評発売中!
B6判/定価1,320円(本体1,200円+税10%)